吴姐姐讲历史故事

吴涵碧◎著

唐·五代

618年～959年

新世界出版社
NEW WORLD PRESS

沉香亭，清苏六朋绘。天宝二年（743 年），玄宗因宫中芍药花怒放，在沉香亭置酒兴会，召梨园乐队奏乐助兴，见乐师所呈乐词不合眼前之景，命召李白写新词入乐。宫使在酒店之中找来醉醺醺的李白，李白张开醉眼，见杨玉环与芍药争艳沉香亭，信手而下《清平调》三首，盛赞贵妃与芍药“名花倾城两相欢”，玄宗与玉环读罢叹赏不已。图中所绘，即为李白在沉香亭中赋写绝妙乐府诗《清平乐》时的情形。

——见《谪仙诗人李白》，第 9 页。

* 图注内容皆出自《吴姐姐讲历史故事》——编者注

《兵车行》诗意图，今人徐燕孙绘。杜甫（712 ~ 770 年），字子美，唐代著名诗人，与“诗仙”李白齐名，号为“诗圣”。他忠于国家，极爱民众，所写诗作，极大程度反映了他所处年代的境况，后世称为“诗史”。天宝末年，“安史”乱启，为抵抗叛军，唐室大量征发良家子弟入伍，杜甫以此为题，写下了流传千古的《兵车行》。图中即为诗中描述的“车辚辚，马萧萧，行人弓箭各在腰，爷娘妻子走相送，尘埃不见咸阳桥，牵衣顿足拦道哭，哭声直上干云霄”的悲惨场景。

——见《杜甫名落孙山》，第 17 页。

郭子仪（697 ~ 781 年），选自《历代名臣像解》。华州郑县（今陕西华县）人，武举出身，历玄宗、肃宗、代宗、德宗四朝，平安史之乱立有极大功勋，身系天下安危二十余年。郭子仪不但长于军事，也极有涵养，宦官鱼朝恩妒郭子仪功大，为泄私愤，竟派人挖掘郭家祖坟，郭子仪为顾全大局，不但忍下怒气，还为鱼朝恩辩解，忍辱负重，与鱼朝恩合作。郭子仪功高权重，不免招致谗言，但皇帝每有征召，他都奉诏即行，不稍做停滞，常常令谣言不攻自破，不但保全了自己，也保全了国家，是万世景仰的一代名将。

——见《鱼朝恩陷害郭子仪》，第 33 页。

裴度（765 ~ 839 年），选自《历代名臣像解》。字中立，进士出身，学问极好，喜仗义执言。安史乱后，唐代政治日渐不堪，豪强欺压民众，藩镇欺凌朝廷。裴度为官之后，屡次向皇帝谏争，以压抑豪强，保护民众。宪宗时拜相，当时不法藩镇为震慑朝廷，竟派人杀死宰相，裴度也几近死亡，但他不为所动，上书皇帝，请求讨伐作乱的藩镇。在他的主持下，朝廷一举荡平淮西强藩，迫使其他藩镇望风归附，天下一度安定，史称“元和中兴”，是盛唐之后，支撑危局的良臣中的杰出人物，也是中国历史上一代良相。

——见《裴度仗义执言》，第 83 页。

朱温（852 ~ 912 年），后梁太祖，曾被赐名朱全忠，称帝后改名朱晃。朱温少时懒惰，又自夸雄强，为乡人所不齿。唐末黄巢起事，朱温投于帐下，见事不济，转而投降朝廷，成为讨平黄巢的主力，封宣武节度使。见唐室不振，又积极阴谋篡唐，之后弑唐昭宗，立昭宗子，大杀士林重臣及宗室子弟，并于 907 年篡唐自立，建立后梁，历史因之进入五代十国。图中为朱温在戏剧中的造型，出自清内府彩绘本《庆赏昇平》之《太平桥》。

——见《朱全忠篡唐》，第 178 页。

李存勖（885 ~ 926 年），即后唐庄宗，小字亚子，沙陀人，唐末晋王李克用长子，五代时后唐建立者，223 ~ 226 年在位。李存勖 13 岁时学习《春秋》、骑射，打仗勇猛无前，24 岁时父死，袭晋王位，内清权臣，外敌后梁，屡克强敌，923 年，亲率孤军突袭大梁，一举平定后梁，成为天下共主，建立后唐。后来宠幸伶人，政事紊乱，导致兵变，死于乱军之中，是开国帝王当中善始而不能善终者。图为李存勖在戏剧中的造型，出自清内府彩绘本《庆赏昇平》之《太平桥》。

——见《李存勖处变不惊》，第 182 页。

目录

百代画圣吴道子

唐朝除了提倡诗书，并提倡绘画。唐初有大画家阎立本，专攻人物写生，为唐太宗所爱重。到了唐玄宗时代，宗室李思训，善画金碧山水，其子李昭道画得也很好，人们称之为大李将军、小李将军。此外，诗人王维是写意山水之宗师，还有，就是百代画圣吴道子。

吴道子，唐朝开元年间阳翟人（今河南禹县），初名吴道玄，后来改名为道子。他的身世凄凉，很小父母就过世了，家境清寒又寂寞。一个人喜欢涂涂抹抹，不到十二岁就已经画得相当不错了。

他年轻时曾当过韦嗣立之家臣，又在山东担任过典狱官。此时正是唐朝宗教壁画大行之际，吴道子对此产生强烈的兴趣。他到处认真观摩，然后自成一家。

唐玄宗是一个风雅之君主，玄宗听说吴道子的画名，特别任命他为宫廷画师，更提升他为宁王友。宁王是唐玄宗之长兄，“友”是唐朝的官名，意思是陪伴亲王的一个清高之职位。

吴道子在长安城，声誉日隆。据说有一天，有个和尚要他乐捐，他大言不惭签下十万金。

和尚见吴道子两手空空，不敢相信。吴道子也不答辩，卷起衣袖开始在庙里画菩萨。等到佛像都画好了，和尚却发现这些佛像都没有眼睛。

“你到外头宣布一下，想看我为佛像开光的得捐钱。”吴道子胸有成竹地对和尚吩咐。

不一会儿，抢着开眼界的观众已凑足十万钱，还有许多挤不进来的男女老幼把庙外堵得水泄不通。

吴道子拿起画笔，在每个佛像上轻轻这么一点，哇，所有的佛像仿佛活了起来，大家都拍手叫好。接着他以“立笔挥扫，势若风旋”之气魄为佛像画上圆光；他没有用尺，竟然画得这么圆，而且栩栩如生。每画一笔，观众就惊讶地大叫，喧呼之声响遍全城。

经过这场戏剧性的表演，吴道子三个字声名大噪。据《历代名画记》记载，在当时，他的画已卖到屏风一片，值金两万。

吴道子成为宫廷画家之后，得以跟随唐玄宗行万里路，旅游各地，更开拓了艺术的视野。

在洛阳，吴道子遇见了大书法家张旭及舞剑名手裴将军。

裴将军请吴道子送他一幅画。

“这个没问题，不过，我慕将军之名久矣，假如将军能为我舞一曲，可助我挥毫。”吴道子也顺便提出自己的要求。

送子天王（临摹），吴道子绘。

于是裴将军舞了一曲，吴道子当场挥毫，然后张旭落款。这三种艺术之美结合在一块，旁观者大饱眼福，连连赞叹："一日之中获观三绝。"

吴道子不但画人物有一套，山水、草木、台殿无不精妙。

天宝年间，唐玄宗听说四川嘉陵江风景优美，自己又不能去，于是派吴道子前往写生，命令他把沿途景物一一画下来。

吴道子回来之后，唐玄宗迫不及待想看画册，不料吴道子一张都没画。唐玄宗正要发脾气，吴道子微微一笑道："臣无粉本（草稿底本），并记在心。"

江帕楼阁，李思训绘。

于是，唐玄宗命令吴道子在大同殿上作壁画。吴道子真是天才，竟然在一天之间就把嘉陵江水的旖旎风光画了出来。

同时代的李思训也是画山水的名家，唐玄宗也曾请他在大同殿上作壁画，他仔仔细细画了六个月才完成。唐玄宗看了他俩的画，频频点头道："李思训数月之功，吴道子一日之迹，皆极其妙。"

吴道子不但会画人，还擅长画鬼，他有一幅最有名的画——《地狱变相》。

《地狱变相》之中并没有上刀山、下油锅，可是那阴阴惨惨的气氛表现得很好，让人看了腋汗毛耸，不寒而栗。相传当时有些坏人，看了他的画，很害怕死了以后会下地狱，晚上做梦都不安稳。

从此放下屠刀，重新做人。可见吴道子的画还有警世作用。

宋朝的苏东坡曾经赞美吴道子的画：“不论左面看、右面看，横面、斜面、平面、直面各方面的比例都很正确，简直与真人一样。这种熟练的技巧，只有他一个人。”

苏东坡的话，用现代术语来解释，就是吴道子素描基础好，所以比例正确。但是要做一个好画家，单单素描基础够，画得像还是没有用的。如果只求一模一样，有照相机就够了，何必还要画？正因为如此，吴道子到四川去，并不写生，而是把大自然之美纳入胸中，再把名山大川用画笔表现出来。

吴道子画中人物的衣服裙带，总像被风飘起，有“我欲乘风归去”之美，后人称为“吴带当风”。他又喜欢在着墨之画面上，用彩笔轻轻掠过，使得画中人仿佛要款款步出，后人称之为“吴装”。还有人形容，你瞪着大同殿的壁画看，看久了，耳中会自然响起淙淙流水声，云雾似乎也自壁中飞出。

总之，吴道子的画，气韵生动，浑然天成，大手笔，大气魄，甩开六朝以来美丽细致小家子气的时尚，使我国的绘画艺术向前大踏步，因此被尊为百代画圣。

王维巧扮乐工

唐朝诗风鼎盛，除了诗仙李白、诗圣杜甫之外，最负盛名的就是田园诗派的代表人物——诗佛王维。

王维字摩诘，山西太原人，小时是一个天才儿童，九岁就能写文章。当王维十九岁时（开元七年，719 年），进京打算参加京兆府的考试。到了京里，却听说公主已经把第一名许给了张九皋（gāo），张九皋是名相张九龄的弟弟，王维觉得十分泄气。

这时的王维年少风流，会作诗，会写曲，还会弹琵琶，京里的贵人都喜欢与他交往，唐玄宗的四弟岐王特别看重他。

王维对第一名内定张九皋一事甚感不平，他跑去找岐王为他说情。

岐王沉吟半天，十分为难。最后对王维说："公主的心意已定，不便与她相争。这样吧，你回去先抄录十首写得最好的旧诗，另外用琵琶再谱一阕哀怨的抒情曲，五天以后再回来找我。"

五天之后王维又来到官邸，岐王把他打扮成乐工的模样，带着琵琶尾随岐王，混在艺人之中，进宫见公主。

岐王带着一批乐师歌伶到了公主府第，客人们到齐了就开席。乐工们依次而上，公主一眼就发现了其中有位乐师面貌白皙，文质彬彬，又年轻又英俊，气质与一般伶工大不相同。

公主指着王维，转身问岐王："这是何许人？"

"一个琴师。"

“噢，弹一曲来听听。”

于是王维轻轻拨弄着琵琶，弦上流出哀切动人的乐章，大家听了都为之动容。

“快告诉我，这是什么新曲？”公主极有兴趣地问道。

王维恭谨地回答：“这是我作的新曲《郁轮袍》。”

岐王赶紧在旁边加上一句：“这位青年不但弹得一手好琴，而且诗词都写得很好。”

公主更有兴趣了：“你可带来自己作的诗文？”

王维立刻把原先准备好的诗卷呈了上去。公主看了几遍，抬起头来，脸上充满了惊喜的表情：“这些都是我平日最爱读的诗文，我一直以为是古人的佳作，想不到是你写的。”

兴奋异常的公主立刻命令宫女伺候王维换掉乐工的衣服，重新更衣，坐在公主身旁。

王维风流蕴藉，文采不凡，光芒震慑了全场。

公主说：“像王先生这样的人才，应该参加应试。”

唐代宫廷乐舞图，陕西省西安市苏思晟墓壁画。画成于唐天宝四年（745年）。

岐王乘机说外传已许给张九皋一事，公主笑笑：“那不过是旁人拜托的罢了。”

王维连忙站了起来，向公主辞谢。果然在开元七年（719 年），王维以优异成绩被列为第一名。

当时有一位宁王，看上了王府附近一位卖饼的女子，塞了一笔钱给她的丈夫，硬是讨了回来，取名为息夫人。

过了一年之后，宁王问息夫人：“你还想念卖饼的丈夫吗？”息夫人低头饮泣，宁王把她丈夫带到宫中，两人相见之下，默默流泪，举座都为他俩伤感。

宁王命令各个宾客赋诗一首，王维的才情高，一挥而就：

莫以今时宠，而忘旧日恩；
看花满眼泪，不共楚王言。

王维的诗写好了，众人称赞不已，没人敢再献丑，宁王也因此让息夫人重回丈夫的怀抱。

两年之后，开元九年（721 年），王维中了进士，年纪轻轻就做了大乐丞的官，又历任中书舍人、左补阙，天宝末年又担任给事中一职。此时，他与弟弟王缙（侍御史）均为时人所景仰，可说得上是黄金岁月。

可惜，好景不常，安禄山起兵造反，渔阳鼙（pí）鼓，动地而来，潼关失守，攻入长安，王维被俘。

王维不愿为安禄山做事，服药下痢，伪称有重疾，被拘禁在古寺之中。

可是，安禄山早已风闻王维的大名，派人把他送往洛阳，强迫他在伪政府中任职。这时，安禄山为效法玄宗，把自长安捉来的梨园弟子关在凝碧寺，强迫为他奏乐。其中有一个乐工雷海清，忍无可忍，把乐器一甩，西向痛哭，安禄山气极，当场把雷海清杀了，王维触景生情，写了一首诗：

万户伤心生野烟，百官何日再朝天？
秋槐叶落空宫里，凝碧池头奏管弦。

意思是说万民伤心欲绝，遍地都是野火狼烟，文武百官要到哪一天才能再朝见天子？秋天槐树树叶飘落在空无一人的皇宫之中，在凝碧池畔有贼兵在演奏音乐。因为这首诗表明心迹，因此后来唐朝收复长安之后，王维没有因为在伪政府做事而判罪。

可是自此而后，他生活思想上大起变化，领悟到功名富贵之无味，转而倾向佛家，皈（guī）依于大自然，造成他晚年的闲适生活，长年食素，不衣文采，退朝之后，焚香禅诵。

他不但能诗，而且能画，苏东坡赞美他“诗中有画，画中有诗”。他的山水画与田园诗相映成趣，诗乐图画无一不精，可以说是一位多才多艺的艺术家。

谪仙诗人李白

“床前明月光，疑是地上霜。举头望明月，低头思故乡。”这是一首几乎所有中国人都会背的唐诗。提起李白二字，也是炎黄子孙最熟悉的历史人物。在讲过唐玄宗、安禄山的故事之后，我们再来谈李白，可能大家对他的时代背景会有更深一层的认识。

李白到底是哪儿人？谁也不敢肯定，有人说他是蜀人，有人说他是山东人，比较可靠的说法应该是陇西（甘肃）人。在隋朝末年，李白的祖先被判了罪，被贬到西域去。

据说，在唐武后年间，有一位姓李的人的妻子，晚上做了一个奇怪的梦，梦到太白金星掉到怀里，她一吓，猛然惊醒。第二天，生下一个小宝宝，为着纪念这个奇怪的梦，就把刚出生的儿子取名为李白，字太白。以后的人附会李白是天上太白金星下凡，难怪文采不凡。

在李白五岁的时候（唐中宗神龙初年），他父亲想到一家人长久卜留在异域不妥当，尤其不适合李白的成长。于是，悄悄地带着家小回到四川。

李白从小就聪明伶俐，又好学好问，十岁就通诗书。他在书里看到张良、荆轲等豪杰事迹十分羡慕，跑到外面找教武的老师，一面读书，一面学剑。他又学侠客道士在峨嵋山隐居，养成豪放豪侠的性格，饮酒赋诗的习惯也是在这段时间养成的。

到了二十五岁，天性豪迈的李白过腻了隐士生活，他要到外面去开开眼界。于是到了襄汉、金陵……最后到了扬州，此时正是开元年间最富庶的时代，扬州处处皆是歌台舞榭、茶楼酒馆，还有许多四夷商人。李白对眼前景物目瞪口呆，兴奋地与官员、富商相往来，一年之中，在扬州挥霍了三十万金。

不久，李白娶了许圉（yǔ）师的孙女为妻，许圉师做过唐高宗的宰相，为人宽厚。李白在并州救过大将郭子仪，又与孔巢父（孔子的三十七世孙，学问很好）等六人结交，一块儿纵酒酣歌，隐居在徂徕（cú lái）山之中，人们称之为竹溪六逸，此时李白的诗名逐渐传开了。

在天宝元年（742 年），李白又回到江南，这时他已经四十二岁了，认识了道士吴筠（yún）。吴筠的诗也作得很好，两人惺惺相惜，成为好朋友。

后来，吴筠因为诗名远播，被召入京。吴筠向唐玄宗推荐李白，并且把李白的诗拿给玄宗看。玄宗自己也是一个文学修养十分深厚的皇帝，立刻也传李白入京。

唐朝是诗风鼎盛的时代，长安更是当时人文荟萃（huì cuì）之地，想要出人头地并不容易。可是大诗人贺知章一见到李白的诗，极为佩服，他对李白说："子，谪（zhé）仙人也。"意思是说李白简直是神仙下凡，飘然超世。

于是，八十多岁的贺知章马上再向玄宗推荐这位奇才。唐玄宗本来是位风流才子，一见李白倜傥不群、潇洒飘逸的模样，大为欣赏。立刻留他在宫里吃饭，并且封他为翰林。

从此，李白过着风流浪漫的生活，快乐似神仙。他后来回忆这段日子是："昔日长安醉花柳……风流肯落他人后。"杜甫《饮中八仙诗》形容他："李白一斗诗百篇，长安市上酒家眠，天子呼来不上船，自称臣是酒中仙。"这首诗不免夸大，不过唐玄宗每次找他，十之八九都在酒楼之中找到，倒也不假。

天宝二年（743 年）春天里，唐玄宗的宫中，红、紫、粉、白

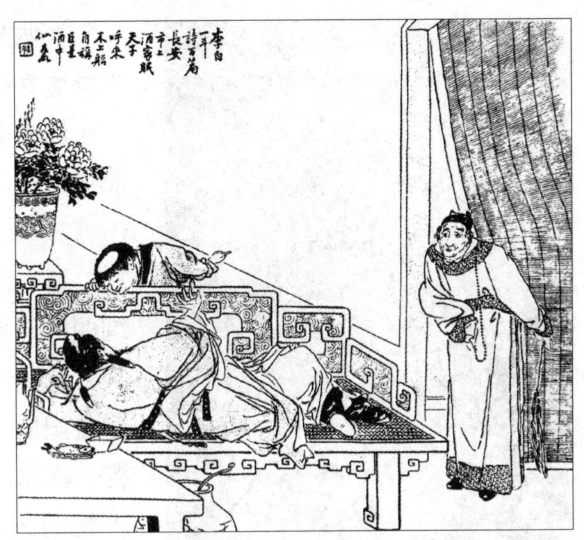

天子呼来不上船，自称臣是酒中仙。选自《吴友如画宝》。

四色的木芍药怒放着。玄宗下令在沉香亭中摆酒，把住在梨园中的乐队召来助兴，他挽着杨贵妃出来赏玩。

梨园子弟来了，请奏皇上，该演奏哪首乐辞。唐玄宗想了一想，没有一首适合眼前景物。他呵斥道：“那些个唱腻的俗曲不唱也罢，快，快去把李翰林找来。”

太监们赶紧分头去找，找来了醉醺醺的李白。李白张开了醉眼，看到了美丽的贵妃与花朵争艳，顺手写来，就是三首绝妙的乐府诗——《清平调》：

云想衣裳花想容，春风拂槛露华浓；
若非群玉山头见，会向瑶台月下逢。

一枝红艳露凝香，云雨巫山枉断肠；
借问汉宫谁得似？可怜飞燕倚新装。

沉香亭，唐明皇命李白赋《清平调》，清苏六朋绘。

名花倾国两相欢，长得君王带笑看；

解释春风无限恨，沉香亭北倚阑干。

第一段的意思是：看到了绚丽的云彩，就想到贵妃的衣裳，看到了美丽的花朵，就想到贵妃的容颜；当春风拂过窗槛，露水正浓时，更叫人惊叹贵妃的浓艳。这么美的人儿，若不是在西王母住的群玉山头，那就只有在仙女所居的瑶台的月光下才可能一见。

第二段的意思是：一枝艳丽的木芍药经过露水的滋润更芳香。有人说楚王曾梦见巫山上的仙女与他幽会，那是传说而已，在现实汉宫中只有赵飞燕才有这种荣幸。不过汉代的飞燕仍要靠新妆衬托，哪比得上贵妃丽质天生。

第三段的意思是：名贵的花、娇艳的美人都在君王身旁，难怪他笑容满面。当春风吹来无限怅恨时，倚着沉香亭的栏杆，久久不忍离去。

唐玄宗与杨贵妃读罢赞赏不已，而《清平调》却为李白惹来一场祸事。

千古《清平调》

李白这一位天才横溢、英气勃勃的大诗人，被玄宗皇帝所赏识。来到宫中写了三首《清平调》，用国色天香，称颂杨贵妃的美艳，玄宗看了高兴得不得了……

不但玄宗开心，杨贵妃更是心花怒放。杨贵妃对自己的美，具有绝对的自信，她也早听腻了旁人用陈腔滥调歌颂她的美，却从来没有一个人讲得像李白一般动听。

“云想衣裳花想容……会向瑶台月下逢。”杨贵妃一遍又一遍咀嚼，“看看窗外的芍药（即牡丹花）就会想起贵妃我的容貌，当然只有在仙女所居的瑶台才有我这样的美人儿。”

在旁边的宦官高力士眼看杨贵妃如此陶醉，大为不悦。高力士有什么好生气的?

事情是这样的，唐朝在开国初年，高祖、太宗等对太监向来不加以庇护。到了唐玄宗时代，成为宦官权势由弱转强的关键时期。唐玄宗曾经说：“力士当上，我寝乃安。”意思是说，高力士在当班，我睡觉睡得才安心。

因为玄宗如此宠信高力士，当时李林甫、杨国忠、安禄山对他都十分巴结。唐肃宗在东宫当太子时，尊称他为兄，其他王公则呼为翁。我们的大诗人李白狂放不羁（jī），是标准的性情中人，哪儿会去拍高力士的马屁呢？所以高力士心中早就对李白不满意。

话说李白写《清平调》的那天，更叫高力士发火。玄宗在金銮殿召见，李白醉醺醺地被拉来，连走路都走不稳，用水浇了面，才稍微清醒一些。唐玄宗不但不恼李白酒气冲天，反而亲自为他调羹，又忙吩咐御膳房做菜。

唐玄宗如此宠李白，已经叫高力士不是滋味，更叫他发火的是有一日，李白醉了，上床靠下，也许是怕脚下的黄泥巴玷污了殿上如茵的绮席，他幽幽地睁开眼，刚好看见高力士杵（chǔ）在那儿，随口便呼：“哪，替我脱下。”

老实说，叫一个太监小黄门脱个靴子也不算什么，可是如今的高力士地位不一样，在皇帝面前虽然鞠躬哈腰，不脱奴才本色，离开了玄宗，腰板儿一挺，口蜜腹剑的李林甫都不敢得罪他。李白在朝廷上这么一吼，简直把高力士的颜面都丢光了，他怒火直冲脑门，却又不能不来脱鞋。

于是，高力士忍着气，憋着李白的臭脚味儿，为他脱下赤皮履，换上一双软鞋。从此，高力士对李白恨之入骨，总想找机会报复。

力士脱靴，清代年画。图中所绘与吴姐姐所说略有不同，为川剧《太白醉写》当中一个情节：黑蛮国致书唐玄宗，文字无人能识，贺知章推荐李白。李白带醉应召，命权宦高力士为他脱靴，高力士迫于形势，只得照办。

杨玉环晓妆图，明仇英绘。

高力士冷冷一笑，对杨贵妃道：“这第二段，‘借问汉宫谁得似？可怜飞燕倚新妆。’李白岂可用飞燕比贵妃，不是侮辱贵妃吗？”

杨贵妃听了一愣。赵飞燕是汉朝有名的瘦美人，贵妃是唐朝有名的肥美人，后代形容美女体态不一、各有千秋称为“环肥燕瘦”（杨贵妃名杨玉环）。李白用飞燕形容她，而且说飞燕还得倚靠新妆，她正在开心自己把飞燕比了下去，高力士这一提醒，倒叫贵妃大为紧张。

汉成帝为宠赵飞燕，弄得民不聊生，再加上飞燕品德不好，人们称之为祸水。杨贵妃更是穷奢极欲，妖里妖气迷惑玄宗，但她可不以为自己是如此形象。

关于赵飞燕的故事在本书前面已经讲过。历史是连续的，中国人又最爱用历史典故，记得这一段故事的读者，读到高力士挑拨离间，马上就可知用心何在，而能发出会心一笑。

高力士这着毒计奏效，从此唐玄宗每次要任命李白为官，杨贵妃就出面阻挠。李白最后只有离开京师，继续流浪生涯。

当然李白对在长安这一段日子仍然十分怀念的。据传说，他有一次在华山游玩，骑驴过境华阴县，县令认为他不下驴过境是大不敬，要治他的罪，李白潇洒地写上供状：“曾令龙巾拭吐，御手调羹，贵妃捧砚，力士脱靴，天子门前，尚容走马，华阴县里，不得骑驴？”县令一看，大为恐慌，李白大手一挥，扬长而去。

李白离开京师以后，从四十四岁以后十年，穷困潦倒，漫无定迹。“万里无主人，一身独为客”（《淮南卧病书怀》），想起家中的小女儿，十分的难过，写下“何年是归日，雨泪下孤舟”的诗句。

天宝十四年（755 年），安禄山造反。第二年，唐玄宗避难入蜀，永王李璘是唐玄宗第十六个儿子，他也想做皇帝。擅自带兵东下，并且请孔巢父、李白等几位帮他的忙，结果永王起兵一年就失败了，帮忙的人都处了死刑，惟有李白，因为郭子仪帮忙说情才免一死。李白以前救过郭子仪，郭子仪如今是平安史之乱的名将，说话有分量，李白才得以改为流放夜郎（今贵州省西部）。

当李白走到巫山，刚好肃宗大赦放归，心情轻松，写下了“朝辞白帝彩云间，千里江陵一日还，两岸猿声啼不住，轻舟已过万重山”的名诗。回来不久，死于当涂。有人说他是捉月而死，大概人们认为如此浪漫的死法才像谪仙诗人，其实这种说法没有根据。

李白的《将进酒》中有云：“君不见黄河之水天上来，奔流到海不复回。”李白的诗就像黄河之水，滚滚滔滔。他想象力丰富，情感热烈，他的诗是中国文化的瑰宝，也是我们每一个中国人的光荣！

杜甫名落孙山

介绍了谪仙诗人李白后，让我们再看看与李白齐名的大诗人——诗圣杜甫。

杜甫比李白小十一岁，他生于唐玄宗先天元年（712 年），湖北襄阳人。唐朝武后中宗时期有名的诗人杜审言是他的祖父，杜甫的父亲杜闲也做过官。不过，到了杜甫幼年，已经家道中落，相当困苦。

杜甫说自己少小多病，贫穷好学。或许，贫困环境容易激励人们成长，所以杜甫年纪很小就非常懂事，有一点“少年老成”的味道。他七岁作诗，九岁能写一手好书法，十四五岁便能与当时文人相酬答。

杜甫，佚名绘。

开元二十四年（736 年），杜甫赴京城考试，他一向非常用功，大家也都夸奖他的诗作得好，此番应试可说是胸有成竹。

不料，放榜之时，杜甫竟然名落孙山，他呆立在榜前，简直不敢相信这个事实，失望极了。为了排遣郁闷，前往山东、山西、河南一带游山玩水。就在这个时候，他认识了李白，成为很要好的朋友，一点也没有文人相轻的习性。

天宝十三年（754 年），杜甫上了三篇赋给唐玄宗。玄宗认为他才学不凡，把他召来考文章，让他担任京兆府的兵曹参军一官，仍然非常贫穷。

这个时刻，刚好是唐玄宗志得意满，宠信杨贵妃，杨国忠势如中天的当儿。杨家大小奢侈享受，这一切额外的开支都摊派到人民身上。杜甫目睹民众的困苦，君主的荒淫，心里悲痛极了，写下了讽刺杨贵妃的《丽人行》。

杨贵妃可能正在华清池享受温泉浴，穿着又轻又暖的袍子，饱啖（dàn）名贵的山珍海味，可是一般百姓又冷又饿缩成一团。杜甫难过极了，遂有“朱门酒肉臭，路有冻死骨”的名句。

回到家里，杜甫发现妻子哭得好伤心，原来他们的小儿子因为营养不良，活活地饿死了。杜甫望着儿子小小的尸体，不敢相信这个事实，他在《奉先咏怀》中写着：“入门闻号啕，幼子饥

《兵车行》诗意图，今人徐燕孙绘。

已卒……所愧为人父，无食致夭折。”可以想见杜甫为无力养活幼子的悲痛！

唐玄宗的奢华，杨国忠的颟顸（mān hān），终于造成了安史之乱。偏偏杨国忠又不相信守潼关的哥舒翰，硬逼着他开关迎战，结果，潼关失守，玄宗逃难，杨贵妃在马嵬驿被逼而死。

杜甫眼看着天宝年间的太平盛世，成为眼前的天翻地覆，国破家亡，生离死别，满眼尽是一堆堆的白骨。他自己痛苦，也为成千成万受苦的人民而悲哀。他用敏锐的观察以及深厚的同情心，记载了当时兵荒马乱的情景。

人帶弓箭白馬嚼齧黄金勒翻身向天仰射雲一箭正墜雙飛翼明眸皓齒今何在血污遊魂歸不得清渭東流劍閣深去住彼此無消息人生有情淚沾臆江水江花豈終極黄昏胡騎塵滿城欲往城南忘南北

哀王孫

長安城頭頭白烏夜飛延秋門上呼又向人家啄大屋屋底達官走避胡金鞭斷折九

《杜工部集》，道光十四年六色套印本，中国人民大学图书馆藏。

“车辚辚，马萧萧，行人弓箭各在腰，爷娘妻子走相送，尘埃不见咸阳桥，牵衣顿足拦道哭，哭声直上干云霄……”（《兵车行》）这是描写安史之乱前人民苦于战役的哀痛，意思是说：车声辚辚地响着，马儿萧萧地鸣着，出发征戍（shù）的人们把弓箭绑在腰边，他们的爷娘妻子都赶来送别，尘埃飞扬蒙住了偌大的咸阳桥。他们扯着出征人的衣服，跺着脚，拦在道上哭泣，那种悲哀的哭声直上云霄……

“戍鼓断人行，边秋一雁声；露从今夜白，月是故乡明。有弟皆分散，无家问死生；寄书常不达，况乃未休兵。”（《月夜忆舍弟》）这是描写战火之中，亲人分散的失落感：边地防军的鼓声中，四野已无行人，只有孤雁发出哀哀长鸣；从今夜开始，进入白露时节，此时正是故乡月色最明的时候。我的弟兄们都因为战事分散了，生死未卜，寄去的信总不能到达，况且此时战事未了。

此外，《哀王孙》、《述怀》、《羌村》等都像一面镜子，把安史之乱情景反映出来。当时的人读了，固然觉得是己身的写照，我们今天读杜甫的诗，仍然可以感受到战争的恐怖，愤恨当时朝廷没有忧患意识，造成这么大的乱子，害得人民如此痛苦。

杜甫虽然名落孙山，际遇不佳，他可没走上偏激路线，他还是忠君，还是爱国。因此，在安史之乱初起之时，安禄山进兵潼关之际，急忙把家人送到了鄜（fū）州，自己又赶回长安，他非要共赴国难，否则心里会不安。

不料，杜甫刚回到长安，安禄山就占领了长安，他插翅难飞，心怀幽闷。

转眼之间，春暖花开，可是杜甫哪有心情观赏花朵呢，大家都会背的《春望》就是这段时间写的：

“国破山河在，城春草木深；感时花溅泪，恨别鸟惊心。烽火连三月，家书抵万金；白头搔更短，浑欲不胜簪。”（花白的头发愈搔愈短，快要插不上发簪了。）

一直到了夏天，杜甫才打扮成一个乞丐模样，逃出了长安，到达了肃宗即位的灵武地方。肃宗见他如此忠心，拜他为左拾遗。拜是任官的意思，左拾遗即为谏官，就是天子言行有什么不当，拾遗可以出面劝阻。

杜甫名落孙山，可是他不气馁（něi），更加用功，他说“读书破万卷，下笔如有神”。因为他的诗记载了唐朝安史之乱前后的历史，人们誉之为诗史。主考官不看重杜甫的文才，可是我们后代人却都在歌咏背诵杜甫伟大的诗篇。

安得广厦千万间

杜甫少有才学，可是考场失意。安史之乱，肃宗在灵武即位，他秉着一腔热血，从长安逃到灵武。肃宗见到这位白发苍苍、未老先衰的诗人，对他的忠贞十分欣慰，授他为左拾遗。从安史之乱，到他入蜀的四五年间，个人的流离转徙（xǐ），妻儿饥饿，加上目睹长安之残破、战争之可怕，杜甫写下了许多诗篇，被誉为诗史。

杜甫刚到灵武不久，就出了一件事。当时的宰相房琯（guǎn）有位门客，拿了红包，唐肃宗把房琯免了职。杜甫立刻上疏言“罪细，不宜免大臣”，小小的罪过不该罢免宰相。

这句话把肃宗惹火了，传令三司（尚书刑部、御史台、大理寺）联合调查杜甫。

幸亏这时宰相张镐出来打圆场，讲了许多好话，并且向肃宗求情：“假使把杜甫抵罪，从此没有臣子敢向皇帝谏诤，这等于是陛下自绝言路。”肃宗这才放过杜甫。把房琯改贬为豳（bīn）州刺史，贬杜甫为华州司功。

后来，肃宗准许杜甫回鄜（fū）州探望家人，那时兵乱未平，到处闹饥荒，他有几个儿女都饿死了。战火之中，家人团聚，真有说不出的百感交集。

在返家的旅途之中，来到石壕村，杜甫见到一幕拉伕的悲剧，官府拉人当伕，竟然逮到一位抱着孙儿的老太太，啼笑皆非。老婆婆三个儿子都死了，杜甫感慨之下，写了《石壕吏》这首名诗，叙述人民在战争中的惨痛。

回到鄜（fū）州，家人恍如隔世。妻子希望他不要再离开了，可是杜甫是请假返乡的，而且男子汉大丈夫在国家危难时，总该多出一些力。所以，杜甫又回到华州。

华州却在闹旱灾，酷热难熬，他只有弃官到同谷。他本来以为同谷情况会比较好，不料也在闹旱灾。杜甫又生了疟（nüè）疾，靠树皮、草根过活，简直糟糕得一塌胡涂。

同谷住不下去了，杜甫不得已，再卷铺盖上路，他想起老朋友裴冕（miǎn）在做剑南西川节度使。于是，带着家小，冒着十二月的风雪前往四川，到达成都以后，才稍微安定下来。

杜甫的遭遇一直十分坎坷，但是他始终崇拜圣贤，遵守礼法，忠君爱国，再穷、再苦，他都不失意。而且最为难能可贵的是杜甫有一颗同情心，他不是自顾自的发牢骚，而是从心底关怀每一位受苦受难的同胞，真正做到“老吾老以及人之老，幼吾幼以及人之幼”。

杜甫最有名的《茅屋为秋风所破歌》最足以表现他的伟大情操。在四川时，有一天，他的茅草屋的屋顶被风吹掉了，黑漆漆之中，又冷、又饿，又有说不出的恐怖与凄凉，杜甫的身上被雨淋得湿透了。他在如此倒楣的状况下，想的竟然是：

“安得广厦千万间，大庇天下寒士俱欢颜，风雨不动安如山。呜呼，何时眼前突兀见此屋，吾庐独破受冻死亦足。”

意思是说，我怎样能够得到千万间广阔的大厦，让天下寒士都能欢颜地一笑，在大风大雨的日子里能够安稳如山。呜呼，要是哪一天，眼前突兀见到这些房子，那我杜甫这栋破庐就是残破，让我受冻冻死都心甘情愿。

这是何等伟大的胸襟啊，杜甫“减米散同舟，路难思共济”的情怀，太叫人感动了。自己饿成那副样子，还时时记挂着穷人，他

杜甫诗意图，清吕焕成绘。

傻得可爱，是儒家思想的代表，因此我们后人尊称他为“诗圣”。

后来，剑南西川节度使换了严武，严武的父亲严挺之与杜甫为旧交，严武遂上表推荐杜甫为参谋检校工部员外郎。因为杜甫做了这个官，所以后人称他为杜工部。

严武傲慢无礼，穷奢极欲，脾气极坏，动不动就想杀人。不过，他对杜甫倒还不错，时常送一些酒菜给杜甫打牙祭。可是，有一天，严武也要动手杀杜甫了。

事情是这样的，严武是个粗人，当地人民都怕他，杜甫嘴上不说，心里头当然看不起这种粗鄙的武夫。

杜甫有次喝醉了酒，爬上严武的床，酒后吐真言，瞪大了眼睛对严武道："严挺之竟然有这种儿子……"

严武气坏了，当场没有发作，暗中却怀恨在心。有一回，他就叫部下在衙门口集合，准备去杀杜甫。奇怪的是，他一出门，帽子被勾在门帘上。

严武回转来，把帽子整理好，一跨出门，帽子又被挂在门帘上。严武气炸了，摘下帽子，咕噜咕噜骂个不停。第三回出发，帽子竟然又被缠住了。

这时，严武的部下知道他要杀杜甫，赶着去通报老夫人。严武的母亲赶来搭救，杜甫才免于一死。

严武在两年后去世，成都掀起一场大乱，杜甫只好往来梓州之间避乱。

大历五年（770年），杜甫五十九岁，他到耒（lěi）阳去，忽然河水暴涨，他被洪水所困，回不了家。整整十天没吃一点东西。

后来，县令派了一条小船来救杜甫，好好款待他一顿。杜甫十日未进食，饿得发昏，狼吞虎咽，吃了许多牛肉，又喝了不少白酒，结果当时暴卒。其实，多日不食，消化器官脆弱不堪，应该热一点米粥进补，也不至于撑死了。

韩愈曾说"李杜文章在，光芒万丈长"，真是一点也不错。杜甫不但诗写得好，他的人格更受到千秋万世的景仰。

高力士修宝寿寺

在唐朝的政治史中，藩镇与宦官是被重视的两个大问题，尤其是宦官，毁坏了唐朝的根部。从这篇起，我们讲几个宦官的故事：

唐玄宗在位期间，是宦官的权势由弱转强的关键时期。在前面《千古〈清平调〉》之中，我们说到李白得罪了宦官高力士，以至于一辈子做不到官。现在就先讲这位唐玄宗面前一等一的大红人——高力士。

高力士，本姓潘，在小时候与同伴金刚二人一块到宫里当宦官。当时的武则天看高力士聪明伶俐，巧黠（xiá）过人，派他担任一些打杂的工作。

后来，力士犯了一些小错，被武则天赶出皇宫，有一个叫高延福的中人（宦官）收养了他，因此改名为高力士。

高延福是出自武则天侄儿武三思之家，所以高力士也跟着常常在武三思家打转儿，得以有机会再度入宫，担任传诏令的工作。

当唐玄宗还没有当皇帝的时候，高力士就倾力侍奉他，巴结他。因此玄宗削平韦后及太平公主之乱，坐稳皇位以后，拔擢（zhuó）高力士为内给事，宦官权势开始变大。

由于玄宗信任宦官，往往赐宦官为三品将军（唐朝的宰相是三品官，所以三品官是很高的官位）。当宦官奉了皇上的使命到地方州县去时，官吏们都争先恐后地巴结，偷偷地塞红包，最小的红包也不能少于千缗（mín）。从此以后，京师附近的田园大半被

内侍图，陕西乾县懿德太子墓壁画，陕西省博物馆藏。图中绘有唐代宦官七人，均头戴幞头，着圆领紫、红、绿色长袍（分别代表三～七品官阶），反映出宦官力量的增强。

宦官买去了，他们有钱嘛。

但是，开元之治初期，姚崇、宋璟贤相在位，尚不致依附宦官。其中有一位王毛仲是玄宗做皇子时的旧部下，根本不把宦官放在眼里。尤其对一些低级的小宦官，简直不把他们当人看，开口就骂，动手便打，好像对待童仆一般。

宦官对王毛仲恨之入骨，可惜找不到报复的机会。因为王毛仲这个高丽（lí）人，被封为“唐元功臣”，他奉公正直，不避权贵，掌管皇帝卫队，大家都怕他。

可是，还是被高力士逮住了报仇机会。

王毛仲的妻子生下了一个小男孩，唐玄宗很开心，连忙命高力士带了大批酒食金帛去探望，而且封小宝宝为五品官。在唐朝，皇亲国戚生下小孩即赐官是常有之事。

当高力士回宫，唐玄宗连忙问长问短，他心里想，王毛仲得此赏赐，一定眉开眼笑，感激皇恩浩荡，顺口问道：“毛仲一定很高兴啰。”

高力士长长叹了一口气道：“毛仲抱着小孩对臣说：我这个儿

子哪里不配做三品官？”

唐玄宗一听此言，勃然大怒：“这个贼人，当初诛韦后时，对朕不够忠心，我是不好意思点破，现在竟然说出这种话！”

高力士一看，唐玄宗中计了，乘机煽风点火，力言王毛仲军力太强，不早除之，必生大患。最后王毛仲终于被宦官谗言所害死，王毛仲死后，宦官的力量又往前迈进一大步。

由于四方要给皇帝看的奏章，都要先经过高力士，才能转到唐玄宗的手上，高力士因此十分神气，有些小事他就自作主张了。唐玄宗曾经对人说：“力士在旁边值夜，我睡觉才睡得安心。”玄宗本人又极少外出，朝廷臣子为着希望高力士在皇帝面前多多吹嘘，无不尽量逢迎。李林甫、杨国忠、安禄山，对高力士都得巴结。

开元初年，吕玄晤（wù）担任吏京师，为着讨好高力士，就把自己漂亮的妹妹嫁给高力士。高力士这个宦官娶了如此如花美眷，大喜之下，帮忙吕玄晤升为少卿、刺史。

后来，吕玄晤的妻子去世了，葬在城东。大家都知道他与高力士的关系，纷纷赠送赙（fù）仪，出殡的当天，送葬的车子，从吕家大门一直排到墓地。

天宝初年，唐玄宗又加力士为冠军大将军，封渤海郡公，他的资产丰厚，可不是一般王侯所能比拟。唐朝有钱人家，常在自己家里盖一个庙拜拜，高力士便在来庭坊建了一座宏伟的宝寿佛寺。

宝寿佛寺落成启用当天，热闹非凡。几乎满朝文武都来道贺，而且赠送贺礼。高力士预备了上好的素食招待。

宝寿寺有一口大钟，文武大臣轮流前去敲钟，凡是敲一下，表示要送百千。百千是多少呢？根据唐制，一千钱为一贯，百千即百贯，亦即十万钱。

有些个善于揣摩高力士心意的，拿起槌（chuí）头“当当当”足足敲了二十下，旁人都拍手叫好。就是敲得少的，也敲个十杵

（chǔ）左右，太少了，面子不好看。

敲一下钟，十万钱就飞掉了，大臣们哪来这许多钱？当然只有贪污。吏治不良，使得唐朝渐渐走上了衰路。

不但大臣们竭力笼络高力士，唐肃宗为皇子时，呼他为二兄，诸王公尊称他为“阿翁”，可知显赫一斑。

当太子瑛被玄宗废去时，李林甫与武惠妃勾结，大力推介惠妃的儿子寿王为太子，可是唐玄宗又顾虑肃宗年长，久久不能决定，连饭都吃不下去。高力士小心问道：“是不是菜不好？”

“你是我家老奴，你猜猜看我为什么食不下咽？”

“恐怕是嗣君未定吧？其实推长而立，谁敢争？”

就这样，肃宗顺理成章当上嗣君。宦官一言九鼎，难怪大臣如此看重。

李辅国数念珠

在上篇《高力士修宝寿寺》中，我们讲到，唐玄宗时代的宦官其气焰远非唐初可比。然而玄宗时代的宦官虽然品位提高，还很少干涉朝廷的政治，到了肃宗时代就大不相同了。

前面，《安史之乱》篇之中，曾经提到当安禄山攻下了潼关，唐玄宗仓皇之中逃往四川。走在半途，地方父老不肯放行，最后，玄宗决定把太子李亨留下来，宣慰父老。

后来，李亨在灵武即位，是为唐肃宗，改元为至德元年（756年）。一方面遣使者上表，尊唐玄宗为太上皇。

据说，拦道的父老是宦官李辅国预先布置的，其目的就是让太子早日成为皇帝。这个功劳可真不小。

李辅国为何许人也？李辅国本名为静忠，是养马场中的小儿。很小的时候就当了小宦官，他的容貌相当丑陋，由于稍微懂一点文字及计算，高力士就派他担任马场中管理的工作。

天宝年间，由于李辅国精通畜牧之事，被推荐入东宫伺候太子。安史之乱，李辅国在逃难途中想到这条妙计。肃宗即位以后，立刻拔擢他为太子家令，元帅府行军司马，把他视为心腹。凡是四方奏事，御前符印军号，统统交给他掌管。

李辅国长年食素，不吃荤血食物。常常作和尚打扮，手里拿着一串念珠，一面走路，一面数着念珠，喃喃念着“阿弥陀佛”，装着慈悲的模样。其实，才不是这回事。

到凤翔之后，授太子詹事，改名为辅国。当安史之乱平定，唐肃宗回到京师，他一口气兼了殿中监、闲厩（马场）、五坊、宫苑、营田、总监等使，又兼陇右群牧、京畿（jī）铸钱等使，更专掌皇帝禁兵，常居禁中。所有皇帝的制敕都要经过李辅国的押署，然后实行。

甚且，李辅国自个儿就在大明宫的银台门决定天下大事，事无大小，李辅国开了口便等于皇上的制敕。他决定之后，再向肃宗报告一声便是。

另外，李辅国又设了几十个察事厅子，就是所谓密探，到处打听消息，官吏犯了任何小过都逃不出他的耳目。地方与中央司法机关的重大案件，都由李辅国随意处分，而且全是假传圣旨，反正不会有人找肃宗对质。

望贤迎驾图，南宋佚名绘。图中描述了安史之乱中，唐肃宗李享在陕西望贤驿，迎接由四川归来的太上皇李隆基的场面。图中宝盖下的李隆基白发黄袍，老态龙钟，肃宗李亨则黑须朱袍，陪同接见民众。

李辅国每次外出，总有数百甲士卫从，一般小宦官都尊称他为五郎。

宰相李揆（kuí），出身山东望族，见了李辅国也乖乖喊一声五父，而且恭敬地执弟子礼。

太上皇唐玄宗从四川回到京城之后，居住在兴庆宫中。玄宗仍不改当年兴致，喜欢召伶官奏乐，与持盈公主时有往来。

由于李辅国出身微贱，唐玄宗左右的人都不怎么看得起他，特别是老宦官高力士更不把李辅国放在眼里。李辅国担心这样下去，他的地位会不稳。

于是，李辅国以持盈公主接待客人的理由，向肃宗奏称“兴庆宫内有阴谋”，假造命令把玄宗软禁在西内，又把持盈公主囚于玉真观之中，高力士则被流放到贵州。

到了至德二年（757年），李辅国拜兵部尚书，比以前更加骄恣（zì）。他贪心不足，竟然要求做宰相。

此时唐肃宗对李辅国的跋扈（hù）已有一些反感，却又不敢得罪他，只好推托：“以公的勋业才情，还有什么不能做的，只是不孚（fú）朝廷名望，如何是好？”

李辅国碰了一个钉子，跑去暗示仆射裴冕上奏章推荐。肃宗秘密对宰相萧华道：“辅国想要当宰相，听说你们要联名推荐他，有这回事吗？”

萧华没有回答，跑去问裴冕，裴冕斩钉截铁地道：“没有的事，我的手臂可能断，他的宰相可是做不到。”

萧华回复肃宗，肃宗很开心，笑着夸奖：“裴冕这个人可堪大用。”

肃宗利用宰相萧华、仆射裴冕拒绝了李辅国当宰相的要求，李辅国气坏了，暗暗怀恨在心。

宝应元年（762年）四月，肃宗病倒在床，而且病得不轻，宰相大臣都见不到皇帝的面。李辅国趁此机会诬奏萧华专权，请求予以罢黜，肃宗不许。

李辅国一而再、再而三地请求，肃宗烦极，终于罢萧华为礼部尚书。等到肃宗归天，萧华竟被斥逐，李辅国还是取得相位。他是唐代惟一当了宰相的宦官。

肃宗去世后，代宗即位，李辅国更加狂妄。他上奏代宗道：“大家（大家是皇宫中的人对皇帝之称呼）只要在皇宫里坐着，外事听老奴处置。”

这句话的意思是说，皇帝只有在里头凉快，外边的事由老奴我一手包办。这究竟是谁在当皇帝？代宗对他的出言不逊，十分不悦，但是李辅国手握禁军，不想惹火了他，表面上仍尊他为尚父。

此时有一个宦官程元振，有意夺李辅国之权。密言代宗，请代宗对李辅国稍加制裁。代宗改用程元振为元帅行军司马，大家都庆幸不已。李辅国这才有点害怕，茫然失据，不知所措。不久，又免除中书令（中书令是唐朝的宰相），进封博陆王。他要入中书修谢表，守门的阻止他：“尚父罢相，不能再入此门。”李辅国气愤哽咽道：“老奴死罪，事皇上不了，请于地下事先帝。”

向来老宦官与新皇帝总是不合的。最后，代宗派了一个刺客在半夜潜入李辅国宅，把他杀了，又砍了他的脑袋及一只手臂而去。

鱼朝恩陷害郭子仪

在上一篇《李辅国数念珠》之中，我们说到，唐肃宗信任宦官李辅国。肃宗去世之后，代宗即位，不满意李辅国的跋扈。据说，代宗派了人，偷偷溜入李宅，砍掉了李辅国的脑袋与手臂。

李辅国去世了，宦官的气焰却没有因而消减。唐代宗又信任程元振、鱼朝恩等宦官。其中，鱼朝恩是历史上有名的奸险宦官。

鱼朝恩在天宝年间入宫担任小黄门（黄门是宦官别名，因为东汉黄门令都是由宦官担任）。他为人阴险狡诈，很得君王喜爱。肃宗年间，鱼朝恩任观军容宣慰处置使。这个官名的意思是：表面上是宣慰军队，其实是代表皇帝监视军队，“使”是临时派遣的职务也。

原来当时正是安史之乱，唐肃宗以郭子仪、李光弼（bì）都是元勋，谁当谁的元帅都不好，干脆要鱼朝恩负起这个责任。

堂堂大将军竟受宦官的统治，岂不太可笑？但这是有道理的。因为中国古代皇帝，生活天地狭小，除了上朝之外，很少有与外界接触的机会，宫中除了妃嫔宫女只有宦官。久而久之，自然产生一种感情，何况，唐朝从玄武门之变以后，时有争夺皇位之争。做君王的，对自己的儿子不敢信任，对手上握有军队的臣子不敢信任，而天下没有宦官当皇帝的。因此，代宗派鱼朝恩去监军，并不奇怪。

安史之乱一仗打下来，郭子仪有定天下之大功绩。鱼朝恩心中颇不是滋味，在肃宗面前不断诋（dǐ）毁郭子仪，唐肃宗没有采纳鱼朝恩的意见。可是最后还是解除了郭子仪的兵权。

到了代宗时代，广德元年（763 年），代宗为避乱吐蕃，逃到陕西，鱼朝恩正在陕西带神策军。以后，鱼朝恩以神策军入宫中，成为天子的禁军。

因为代宗信任鱼朝恩，在永泰年间，一口气封了他国子监（相当今天国立大学校长），兼鸿胪、礼宾、内飞龙、闲厩（jiù）使，封郑国公。鱼朝恩为着表示自己才兼文武，不但会带兵，还能谈学术，平时总爱找一些轻浮的年轻人，聚集在门下，讲五经大义，做文章，俨然饱学之士的模样。

郭子仪，选自《历代名臣像解》。

大历二年（767 年），鱼朝恩把皇帝赐给他的别墅改建为章敬寺，以供给章敬太后冥福之用。于是鱼朝恩以此为借口，穷壮极丽，大事整修。他把整个城中的木材搬来都不够使用，竟然把曲江诸馆及进清宫给拆了用为现成的栋梁，耗费金钱达数亿以上。

卫州进士高

鄂（è）上书皇帝："先太后的圣德，不必以一个寺庙来增加她的光辉，为着国家长远着想，实在应以老百姓为基本，舍人就寺，恐怕不是一件福事。"当然这种奏章，都被鱼朝恩压了下来。

鱼朝恩最嫉恨的人就是郭子仪，可是无论他如何毁谤郭子仪，都伤害不了他的名望。郭子仪的涵养功夫更是一等一，他知道代宗信任宦官，为着国家大局着想，只有忍辱负重，勉强与鱼朝恩合作。

鱼朝恩非要把郭子仪激怒不可，他居然派了人去挖郭子仪的祖坟。在中国人眼中，挖祖坟是不共戴天之仇，可是，郭子仪还是硬把这口气忍了下来，还为鱼朝恩辩解。鱼朝恩很得意，认为这是郭子仪低头，更加狂妄嚣张。

因为大家都捧着鱼朝恩，使他更为跋扈，在与皇上大臣讨论军国政事时，势倾朝野，高谈阔论，对时政任意批评，而且凌侮宰相元载。元载其实是个雄辩滔滔的人才，碰到鱼朝恩，也只有不开口。

神策军都虞候刘希暹（xiān）想出一个敛财的妙法，在北军建一个监狱，然后唆使市场上不良少年，随便找一个罪名诬告富豪之家。把这些富人关入地牢，用严刑逼问，榨干他们的家财，一直到逼死为止，人们称之为"入地牢"，却不敢吭声。

鱼朝恩每次入朝奏事，总是满脸傲然的神色，非要以他的意见为意见不可。要是朝廷政事哪一样他没有参与，就立刻拍桌子大骂："天下事有不由我的吗？"

代宗听说这些事，渐渐对他起了反感。接着又出了一件事，有关鱼朝恩的养子鱼令徽。宦官没有生育能力，无亲生子女。可是唐代宦官盛行养子制，使宦官的权势与财富可以借养子传递下去，同时，宦官可以娶妻，以发展其姻亲关系。

鱼令徽当时年纪很小，为内给使，衣绿（穿绿色官服，唐朝规定，六品服深绿，七品服浅绿，古代官服有一定颜色，不能乱穿）。有一天，与同列吵架，回家告状。

第二天，鱼朝恩上朝，上奏代宗："我儿子官位卑下，为同列欺凌，请上赐紫衣（贞观四年，630 年，规定三品以上着紫）。"

唐代宗默不作声。

此时，已有鱼朝恩安排的官吏捧了一件紫色官服来，鱼令徽换上新官服，跪地拜谢。鱼朝恩这一着，简直不把皇上放在眼中。唐代宗气在心里，表面还是苦笑道："你儿已服紫衣，应该称心如意了。"

回到宫中，代宗愈想愈窝囊。宰相元载乘机上奏，告以鱼朝恩不轨，天下共愤，遂定下除鱼朝恩之计谋。

在寒食节那天，代宗在禁中宴请权贵近幸。宴罢，代宗把鱼朝恩留下，责备他怀有异图。朝恩大声辩白，态度荒悖（bèi）傲慢。于是左右擒而缢之，结束了他的一生。

郭暧打金枝

在平剧或地方戏剧之中,《打金枝》是一出很受欢迎的戏剧,剧情热闹有趣。通常戏剧中的故事是虚构的,但《打金枝》却是有历史根据的。

郭暧(ài)是唐朝大将郭子仪第六个儿子,娶了唐代宗第四个女儿升平公主。升平公主颇为娇纵,郭暧也是从小被宠爱的小公子,两人年龄相若,时有争吵。

有一次,这小两口又因为细故吵了起来。郭暧火大极了,指着升平公主的鼻子怒叱(chì):"你有什么好神气的,还不是倚靠你父亲是天子。告诉你,我父亲是看不起天子的位置才不做的!"说着用力一推金枝玉叶的公主。

"嗯,是这样吗?"升平公主气得话都讲不出来。一扭头,驾着车子就奔回皇宫向父亲告状。

谁知唐代宗听完升平公主的哭诉后,非但没有发脾气,反而平静地说:"这件事就不是你能知道的。郭暧说得没有错,假使郭子仪真的要当天子,天下哪儿是我们家所有?"

接着,代宗就把升平公主送了回去。郭子仪听说这件事,大惊失色。想他为朝廷立下汗马功劳,却一直韬(tāo)光养晦,诚惶诚恐,连鱼朝恩把他家的祖坟挖了都勉强忍耐着,为的就是顾全大局,担心代宗有误会,以为他功高震主。现在郭暧居然讲出这种该死的话,还欺负了公主,这还了得?

于是，郭子仪把郭暧五花大绑捆了起来，等待代宗降罪处罚。

没想到代宗只是轻描淡写道："俗话说得好，不痴不聋，不作家翁。儿女闺房之言，何足听也。"这句话的意思是说，要是不装痴装聋，凡事不计较，则不能当一家之主人翁也。

郭子仪这才放了心，可是回家之后，还是狠狠打了郭暧一顿屁股。郭暧也是满心委屈，因为他当初根本就不想讨个公主进门。

事实上，唐朝人多半不愿意娶公主，这是一件很有意思的事。

先谈唐朝妇女地位。在唐代，妇女地位很高，与男子差不多。我们心目中古代女子"大门不出"的形象是宋朝理学兴起以后的现象。唐朝高祖自称为陇西旧族，有胡人血统。大凡游牧民族，妇女地位都比较高。因为在塞外大漠之中，妇女必须也要骑马射箭，才能适应艰困的环境。其次，游牧民族之中，小孩生长不易，一定要有强壮有力的母亲，孩子才能长大成人，这更加强了妇女的地位。（例如元朝成吉思汗就是得力于寡母的干练，这个故事，我们以后再详细讲。）

唐代女子乘骑俑，陕西省礼泉县唐墓出土。

在开元天宝之际，妇女有喜作男子装束者，短衫窄袖，穿靴戴帽，便于骑马，成为流行风尚。一般女子尚且比较开放，公主当然有过之无不及，与旧日中原保守妇女大不相同。因此，史家曾研究过唐朝公主婚姻颇为困难。

从魏晋南北朝以来，士族自矜（jīn）门第之风，一直到唐初不衰，士族自矜于门第，所以特别重视婚姻的对象。社会上认为与皇帝结亲家不及与高门士族联姻。因此，在唐宪宗之前，还没有公主与士族联姻的。

在唐宪宗之后，一般士族还是不愿意娶公主。在唐宣宗时代，白敏中担任宰相，郑颢（hào）擢进士第。郑颢是士族子弟，白敏中上奏以颢娶万寿公主。结果事情成功了，郑颢却恨透了白敏中的多事。

公主议婚，不但士族子弟没有兴趣，一般人也敬鬼神而远之。例如宣宗时代，王徽考中了进士，宣宗正好颁布一道命令“于进士中选子弟尚主（匹配公主）”，就是要在进士中挑选一个当驸马爷。

王徽听说了这件事，忧形于色，愁眉不展。赶紧跑到宰相刘瑑（zhuó）前面说自己“陈年已高，居常多病”，又老又病，不适合当驸马爷。宰相刘瑑看他可怜，前去帮他说情，才免了这一门亲事。

不但进士不愿意娶公主，连方士张果都曾经拒婚公主。方士是古代采奇药或求神仙，以研究长生不老术来惑人的人。秦始皇曾用方士之言，派童男童女赴蓬莱岛求长生不老之药。

唐玄宗有意把玉真公主嫁给张果。唐玄宗心里有这个意思，不过，还没有正式开口。

张果知道了，有一天，他对太常少卿萧华等两个朋友说：“谚语说得好，娶妇得公主，平地生公府，可怕啊！”（这句话的意思是说，娶了一个公主当媳妇，有事没事就与衙门扯上关系，太可怕了。）

张果两个朋友骂他比喻得不伦不类。

过了一会儿，玄宗派人传诏“玉真公主欲嫁给先生”。张果微微笑，该来的果然来了。怎么样他都不肯接受诏令。

张果的话，充分反映出社会上认为与公主联姻是一件可怕的事。在这种观念之下，唐朝公主想要嫁人就十分困难了，不得不多从大臣子弟中选择对象，所以郭暧奉命娶了升平公主。公主大半貌美多金，为什么唐朝人如此排斥与公主联姻?

唐朝公主的婚姻

在《郭暧打金枝》之中，我们说到，郭子仪的儿子郭暧娶了代宗的女儿升平公主。金枝玉叶的升平公主颇为娇纵，郭暧甚为不满，由此可见唐朝人不愿意娶公主为妻。许多读者对此颇有兴趣，因此，我们再谈唐朝公主的婚姻。

唐朝人认为娶公主是件可怕的事，因此公主选婚困难。不得不多从大臣子弟或者已结为姻亲的家族之中找对象，因为大臣为了保全本身之富贵，多半不敢拒绝。当然，一些想攀龙附凤的士大夫，还是会与公主联姻的。

唐宣宗时有一个人叫于琮（cóng），落拓（tuò）有大志，可惜运气不够好，始终没有被重用。在大中年代，宣宗下了一道命令，要在士族之中挑选一个人当驸马爷，一般士族都远远避开。驸马都尉郑颢劝于琮："不如应此命。"于琮答应了。

唐宣宗很开心，原本想把永福公主嫁给于琮，想一想，又觉得不适合。宣宗说："我最近和她一块进食，她不知为何不高兴，当着朕的面，就把筷子一下给折成两段。这样刚烈的性情，恐怕不能做士大夫的妻子了。"

于是，唐宣宗把广德公主嫁给于琮。广德公主非常贤淑，遵守法度，而且侍奉于氏宗亲尊卑十分得体，于琮算是运气不坏。

然而，像广德公主一样贤慧的公主不多。一般而言，唐朝公主的品德不佳，使人不敢领教。

例如，唐高祖的女儿永嘉公主嫁给窦奉节，又与寿春郡主的丈夫杨豫要好。唐太宗之女合浦公主下嫁房玄龄的儿子房遗爱，没有多久，又爱上一个花和尚辩机。肃宗的女儿郜（gào）国公主，嫁给萧升，仍然同时有萧鼎、韦恪（kè）、李万、李升等四个情人，名声糟糕透了。

唐中宗的女儿安乐公主，嫁给武崇训。后来武崇训被杀，她一点也不难过，因为安乐公主早就与武延秀纠缠不清。

由上可知，唐朝公主不守妇道者甚多，唐朝女人本来就比较开放，公主更加不守礼法。公主一方面自己不守妇道，一方面又吃醋心理甚强。

唐高祖的女儿宣城公主嫁给裴巽（xùn）。她听说裴巽有一个外宠，妒火中烧，派了人把这个女子找到。然后在大厅之上，召集了许多官吏，看她如何叫人把这女子的耳朵、鼻子切掉，又把头发剃光。旁边参观的人都不忍看下去，也更体会公主的暴虐。

在中国古代，男女不平等。男人拥有几个妻妾是常有之事，像宣城公主这种妒意，被认为是不可原谅的。但是她是公主，能奈她何？于是，人们只有对公主敬而远之。

唐朝公主因为家教不良，非但经常红杏出墙，而且不懂得如何与夫家相处，常使得婆家非常不满意。

唐宣宗曾经再三嘱咐万寿公主要做个好妻子，万寿公主还是我行我素。

万寿公主的驸马郑颢（hào）的弟弟郑颉（yǐ）得了很危险的重病，宣宗告诉万寿公主，站在做嫂子的立场，应该去看望一下郑颉。

过了两天，宣宗问万寿公主：“你去看望了没有？”

“没有。”万寿公主随便应道。

“那你到哪儿去了？”

“我在慈恩寺看戏啊！”

唐宣宗听了，气得吹胡子瞪眼睛：“我还怪士大夫不愿意与我为亲家，也难怪人家不愿意。”

唐宣宗从万寿公主不愿意探视夫弟之病，领悟到士大夫不愿意与皇宫结亲的道理。其实，比较起来，万寿公主还算不得犯什么大过失。

像武则天的女儿太平公主下嫁薛绍，薛绍的哥哥薛顗（yǐ）娶的妻子萧氏，薛绍的弟弟薛绪娶的成氏，都不合丈母娘武则天之意。

武则天认为薛绍的兄弟应该把原有的妻子休掉，因为：“我的女儿怎么可以与田舍夫的女儿为妯娌呢？”后来，有人出来打圆场：“萧氏是薛瑀（yǔ）的侄孙，国家旧姻。”武则天才没有坚持。

因为薛绍娶了太平公主，他兄弟的婚姻差一点就得被拆散，可见得公主对夫家家族之威胁。

唐人婚宴场面，中唐，敦煌莫高窟榆林25窟壁画。

当然，凡事不可一概而论，唐朝公主也有贤德的，只是比例不大。此外，还有一个原因使得唐朝人不喜欢娶公主进门。公主身份尊贵，出嫁夫家，舅姑不敢把她看成媳妇，也不敢接受公主的拜礼，反而要向公主下拜。

在中国传统社会，婆婆虐待媳妇是天经地义的事，所以才有多年媳妇熬成婆的说法。公主不是普通女子，哪里可以随便受欺负？再加上不肯执媳妇之礼，反要公公婆婆下拜，当然一般人不愿意与公主打交道。

此外，唐朝公主成亲，皇帝赐与奴婢住宅，驸马成为公主之附庸，内心之别扭可想而知。而且，唐朝规定，假使公主先死，驸马得为公主服斩衰三年，才可以再娶。

这种种的原因，使得唐朝人对公主敬而远之，唐朝人也看不起攀龙附凤与公主打交道的人。有一本唐人写的小说书《南柯记》中讲了一个故事，说梦中娶槐安国公主为妻，当了驸马之后，有享不尽的荣华富贵。梦醒之后，看到一个大蚂蚁穴，梦中一切，仿佛都在蚁穴中所发生的。

这个故事讽刺主人翁发生的事在蚁国，表示是个“蚁附”的小人。听说在今天商场上，许多年轻人热衷追求大老板的千金，希望能得到岳父的钱财，看来也是一些蚁附的小人，恐怕也不免为人们所讪（shàn）笑。

仆固怀恩的故事

宦官之害是唐朝晚期政治衰败一大主因。在前面，我们说到鱼朝恩是如何陷害郭子仪，竟然把他的祖坟都挖了出来，可是郭子仪为了保命保家，忍气吞声，依然对朝廷以至忠。上得皇帝的信任，下免谗毁之出口，历玄宗、肃宗、代宗、德宗四朝，一身系国家安危达二十余年。卒于德宗建中二年（781 年），享寿八十五岁，历史上誉为富贵寿考的代表。但是，有几人有郭子仪这种克己容人、委曲求全的涵养？譬如说，我们现在要讲的仆固怀恩。

仆固怀恩的名字，一看就是胡人。他是铁勒部落仆骨歌滥拔延的曾孙，因为以讹传讹弄错了，就被人称为仆固。在太宗贞观二十年（646 年），铁勒九姓大首领率部落来投降唐朝，仆固怀恩就是因此而世袭为金微都督。

仆固怀恩跟从郭子仪南征北讨，因为他善于格斗，通晓蕃情，而且有统御部下的本事，颇受重用。唐肃宗在灵武即位，仆固怀恩跟着郭子仪赴行在（天子巡幸所在地）。当时，朔方叛乱，仆固怀恩的儿子仆固玢（bīn）带领一批人马击贼，兵败而降，后来又自己溜了回来。仆固怀恩气得当众教训儿子一顿，而且把儿子给斩了。将士们都大为震撼，下次作战，没有一个胆敢不奋勇向前的。

唐朝可以平定安史之乱，无可讳言是得力于回纥（hé）的出兵援助。而负责与回纥联络的，乃至最后带领回纥兵打垮史朝义者，正是仆固怀恩。甚且把女儿嫁给了回纥登里可汗，与可汗有翁婿之亲。

因此，当史朝义平定，代宗拜他为朔方节度使河北副元帅，单于镇北大都护，加仆射中书令。他的儿子仆固玚（yáng），也拜御史大夫朔方行营节度使。

仆固怀恩为人沉默寡言，性情刚直，只要他认为是对的，即使对方是长官，他也要狠狠骂回去。由于勇敢，会打仗，军中号为“斗将”。郭子仪能用他的优点，也能宽容他的缺点。尤其仆固的手下蕃将劲卒，时常不守礼法，郭子仪也每事优容之。

仆固怀恩任朔方节度使之后，与河东节度使辛云京并肩作战。当仆固怀恩奉皇帝命令送回纥兵回去时，经过河东，辛云京认为回纥可汗是仆固怀恩的女婿，他很担心回纥会兵犯太原。所以紧闭城门，也不准备食物犒赏士卒。仆固怀恩自认为父子二人宣力王室，一举灭史朝义，恢复燕、赵、韩、魏之地，功高无比，辛云京竟然用这种态度对待他，忍无可忍，写了一张表，告了辛云京一状。

这时正是宦官当权的时代，代宗派了中使骆奉仙（有的史书记载为骆奉先）到太原，调查实况。辛云京立刻对骆奉仙大献殷勤，并且告诉骆奉仙，仆固怀恩与回纥合谋，而且已有造反的迹象。

骆奉仙与仆固怀恩本为旧识，因此他又来到了仆固营中，与仆固怀恩及仆固怀恩的母亲一块儿饮酒。前面在《郭暧打金枝》中，我们曾说过，胡人的母亲说话是很有分量的。

仆固的母亲在筵席中，数次地责备骆奉仙：“你与我儿子约为兄弟，为什么又去亲近辛云京，怎么这样反复无常？”骆奉仙听了，心中有些不安。

酒酣耳热之际，仆固怀恩起身跳舞，骆奉仙送他一个缠头彩。什么是缠头彩呢？原来这是唐朝人的一种风俗，在宴会之中，酒后跳舞者，受礼的人要送跳舞者一个用整幅绢帛缠头的饰品。

仆固怀恩接受了缠头彩，十分开心，对骆奉仙说：“明天中午，咱们再喝一天。”

骆奉仙有些害怕，坚持要离开，不肯留下过夜，仆固怀恩一向固执，竟然偷偷把骆奉仙的马留了下来。仆固怀恩的本意是亲热，免得骆奉仙被辛云京抢过去了。

不料，骆奉仙会错了意。他对左右说：“一早来，他就责备我，现在又把我的马给藏了起来，看来今晚要杀掉我了。”于是趁着黑夜翻墙而逃，逃回京里，诬奏仆固怀恩谋反。仆固怀恩也上奏，请求诛辛云京。

唐代执笏的宦官，陕西省礼泉县韦贵妃墓壁画。图中人物面部躯体都呈扭曲状，表情极为猥琐、阴险，令人生厌。

仆固怀恩自恃功高，十分骄傲，他愈想愈不甘心。自从讨贼以来，每一场战斗无不全力以赴，仆固怀恩一家之中为唐朝而死者有四十六人，女儿为了和蕃又嫁到塞外绝域，他本人结纳回纥，再收两京，平定河南北，功无与比，竟然被人陷害，气得不能吃饭不能睡觉，写了一篇报告给代宗自讼（sòng）。在这篇报告中，仆固怀恩愤愤不平道：

“我自己平静下来想一想，发现自己有六大罪，第一，以前同罗叛乱，臣为先帝扫清河曲；第二，我的儿子曾被同罗所获，逃归之后，臣斩之；第三，臣有二女，远嫁外夷，为国和亲，荡平寇敌；第四，臣与男玚不顾死亡，为国效命；第五，河北新附节度使握强兵，臣抚绥（suí）之；第六，臣说谕回纥赴急难，平天下后，送之归国。臣既负六罪，诚合万诛，惟当吞恨九泉，衔冤千古，复何诉哉！”

仆固怀恩口中说的六大罪，其实是他引以为傲的六大功绩，他故意说反话，表示心中的冤屈。

唐代宗得书之后，派裴遵庆去调查实况。仆固怀恩见到裴遵庆，抱着他的脚放声大哭，号泣诉冤，可是当裴遵庆要仆固入京，他又不敢去，惟恐到京中又被宦官陷害。于是君臣之间，大生猜忌。

其实，仆固怀恩对唐朝的忠心应无可怀疑，当时颜真卿曾说：“认为仆固怀恩造反的，只有辛云京、李抱玉、骆奉仙、鱼朝恩四人而已，朝臣都认为他是冤枉的。”偏偏骆、鱼都是代宗信任的宦官。于是仆固怀恩被逼得在广德二年（764 年）诱引北方的回纥与西方的吐蕃大举入寇，不料行至中途，暴病而死，余众为郭子仪平服。

唐人周智光说：“仆固怀恩岂有反状，皆由尔鼠辈（指宦官）作福作威，惧死不敢入朝。”可见宦官真是害人不浅，人人自危。

段秀实执法严明

中国古代传统社会特别重视人文精神，因此法治精神往往被忽略。但是，仍然有不少官吏执法严明，譬如现在我们要讲的段秀实。

段秀实，陇州人氏，父亲段行深，官做到洮州司马。段秀实小时候非常孝顺，在六岁那年，母亲生病，他小小年纪就懂得伺候汤药。等到长大以后，个性益发沉着，善于判断。

唐代宗广德年间，段秀实担任泾州刺史，附近邠（bīn）州（陕西邠县）有郭晞（xī）统率的部队在防守吐蕃。郭晞是郭子仪第三个儿子，善于骑射，常从父出征，立下汗马功劳。

郭子仪历经玄宗、肃宗、代宗、德宗四个朝代，身系国家安危达二十余年，是唐代中叶一位非常的人物。他本人虚怀若谷，可是他的一些部队却不免趾高气扬，郭晞从父亲手中接过这批沙场老将，完全驾驭（yù）不住。节度使白孝德眼看郭晞手下士卒贪暴的情形，碍着郭晞是郭子仪的儿子，敢怒不敢言，束手无措。

段秀实跑去找白孝德，对白孝德说："假使是我当军候，绝不会发生这种情形。"白孝德看段秀实自以为有办法的神情，立刻任命他为都虞候；都虞候的职责是督察军中不法之事，权力很大。

广德二年（764 年）一月中，郭晞手下十七个军士犯了酒瘾，一块来到酒店。由于酒店老板不肯免费招待，军士们不但一脚踢坏了酒器，更用利刃刺入老板的喉颈之中。在郭晞军营之中，这是一件很普通的事。

段秀实却不容许士兵随便欺负老百姓。他率领士卒，把闹事的十七个军士的脑袋割了下来，挑在长槊（shuò）之顶端，然后，挂在大门上面。

唐代彩绘武官俑，唐墓出土。

百姓们看到平日为非作歹的郭晞军士遭此处罚，奔走相告，十分兴奋。郭晞的军营之中大哗，简直吵翻了天。

节度使白孝德命段秀实整顿军纪，可是看到这个光景却又慌了。他把段秀实找来问："现在郭晞军营之中，个个尽擐（huán）铠甲，准备作乱，怎么办？"

"没什么关系，我去解释一下也就是了。"段秀实不疾不舒地回答道。

白孝德要段秀实带几十个人一块儿去，免得发生不测。段秀实不肯，只选了一名跛脚的老兵同行。

到了郭晞军营门外，军士们穿着铠甲围了出来，一个一个眼露凶光。段秀实微微一笑，缓缓地说："杀我一个老卒，何必戴什么铠甲，我顶着我的头来了，你们可以动手。"

郭晞的军士本来要与段秀实好好较量一番，看看他有多大本事，竟然干涉他们所作所为。可是段秀实来这一着，又只带了一个老兵前来，如果要动手，显得自己太不堪了，因此大伙愣在那儿，不知如何应付。

段秀实乘机说道："常侍（郭晞）对不起各位吗？副元帅（郭子仪）对不起各位吗？为什么你们要捣乱败毁郭家的功业呢？"

正在此时，郭晞走了出来，段秀实也毫不客气地指责他："副元帅勋盖天地，今天你纵容士卒为暴，是对不起你父亲。如此郭家功名，还能存有多少呢？"

段秀实还没说完，郭晞已经惭愧地下拜道："谢谢你教训的大道理，如此恩重，岂敢不从命！"说着，怒叱（chì）左右把铠甲脱下，各自解散，谁要是再吵吵闹闹，立刻处死。从此以后，军士们行为收敛，邠（bīn）州号令严一，军府安泰。

大历元年（766年），段秀实担任四镇、北庭、邠宁都虞候，马璘（lín）是邠宁节度使。军中有个士卒，能拉两百四十斤的弓，被视为奇才。这个大力士素行不端，犯了窃盗之罪，马璘舍不得处罚。段秀实说："在军中有爱憎之别，法令不一，就是古代大将韩信、白起复生，也没法子带兵的。"马璘只有忍痛把大力士杀了。

马璘处理事务若是不合理，段秀实一定与他力争到底。马璘有时气得浑身战栗，段秀实还是坚持己见，且说："秀实罪若可杀，你何必发怒？若是你无罪杀人，恐怕是不合道理。"马璘气得拂衣而起，两人不欢而散。过了一会儿，马璘又摆酒向段秀实赔罪。从此马璘一切依法办理，邠宁一带社会安定太平。

后来，马璘奉皇帝命令迁徙泾州，他手下的兵士不愿意移到泾（jīng）州，牢骚甚多。其中有位刀斧兵马使王童之见人心动摇，想要作乱。

有人密报段秀实："王童之准备作乱，约定天快亮时更夫打鼓为信号。"在古代没有钟表，晚上用打更计时，一夜分为五更，所谓三更半夜也。

段秀实把更夫找来，臭骂了一顿，怪他打更打不准，以后"每更快尽时，一定要来报告"。因为每次打更之前得先禀报，如此一延误，四更过后就天亮了，当然乱事也起不来了。

第二天，又有人密报："今晚将焚马草，趁救火时起事。"到了半夜，果然火光熊熊。他下令军中："救火者死。"王童之居外营，请求入内救火，段秀实不肯。到了天亮，且把王童之及其党羽一起问斩，于是军队安安稳稳迁到泾州。

段秀实军令简约，有威严，也给部下恩惠。自奉清俭，家无姬妾，如果不是正式宴会，从不饮酒听乐。因为他律己甚严，旁人无法威胁利诱，所以他才能执法严明，发挥法治精神。

蓝脸卢杞

从安史之乱以后，唐朝一蹶不振。讨平安史之乱是在唐代宗广德元年。代宗之后，德宗即位，颇想振衰起弊，整饬（chì）纲纪。

唐德宗即位之初，任用崔祐甫为相，十分英明。他做了三件事，极得后代史家好评：第一，他放出大批宫女（代宗时征选入宫），使她们得与家人团聚。第二，命令各个节度使必须遵守中央号令。第三，禁止宦官出使时向百姓榨财。这些措施使得当时人夸德宗有贞观之风。

但是，当德宗改用卢杞（qǐ）为相后，一切就改观了。

卢杞是旧相卢怀慎的孙子。他的父亲卢奕，在天宝末年为东台御史中丞，洛阳城被安禄山攻下之时，卢奕壮烈成仁。卢杞有此门荫，一会儿就爬到刑部员外郎的高位。

卢杞长得十分丑陋，最奇怪的是脸色青青蓝蓝的，人们初见了他，都以为见了鬼。他穿衣吃饭全不考究，甚且不耻恶衣粝（lì）食。人们都说他有先祖卢怀慎之清廉遗风，却不知道这小子心怀奸诈。

建中（唐德宗的年号）初年，卢杞被命为御史中丞。当时郭子仪生了病，卢杞带了一点小礼物去看望。郭子仪是四朝元老，功业彪炳（biāo bǐng），去看望病情的当然很多。通常，百官前来，郭子仪从来不要姬妾们回避，这是因为唐朝妇女比较开放，也出外见客；不像到了宋朝之后，妇女只能躲在闺房之中绣花，不准抛头露面。可是，当郭子仪听到卢杞前来，立刻把侍妾们全赶到后面去，只留下他自己一个人与卢杞谈话。

当卢杞走了之后，家里的人就问郭子仪为什么这么做。郭子仪说：“卢杞外貌丑陋而心地险恶，妇人们看到他那张蓝脸，一定忍不住笑了出来。假如有一天，这个人得权，就会找你们报复了。”

郭子仪屏退家人，单独会见卢杞，选自《马骀画宝》。

毕竟姜是老的辣，阅人多矣的郭子仪，一下就看出了卢杞的庐山真面目。然而德宗不察，卢杞利用皇上的猜疑之心，挑拨德宗与臣子们的感情。

卢杞很讨厌太子太师颜真卿的正直，想把他赶出京城。颜真卿对卢杞说：“你不要这个样子。想你父亲的尸体在天宝十四载（755年）运到平原时，我舍不得用衣角拭去他脸上的血，用舌头把血舔了个干净。今天，你竟然这样容不下我吗？”

卢杞听了此话，立刻瞿然站起，向颜真卿下拜，可是心里头对颜真卿用对他父亲有恩来教训他，反感透顶。后来，果然想了一条毒计陷害颜真卿，关于这一段，下回再详细说。

唐德宗任命卢杞为宰相，唐朝的宰相不止一个，卢杞知道唐德宗一定会再立一个宰相。他恐怕再找一个会分他的权，于是他自己先推荐儒雅厚重的吏部侍郎关播，要关播担任中书侍郎同平章事（宰相）。

虽然多了一个关播，所有政事还是取决于卢杞，关播对任何事都不表示意见。

有一天，唐德宗与宰相论事，关播认为这件事有所不可，站起来想开口，卢杞立刻用目光狠狠制止他。关播无可奈何，又坐了下来。

下朝之后，回到政事堂，卢杞寒着脸对关播说："我看足下端谨少言，方才引足下任宰相，刚才你为什么张开口好像要讲话？"关播从此以后，只有哑巴当到底了。

中书侍郎杨炎（就是租庸调法税制崩溃之后，提出两税法的宰相杨炎）很看不起卢杞，认为卢杞瘦瘦小小又没有能力，无才无德。因为唐朝的高官大半由进士科出身，先由礼部考诗文，及第为出身，还要经过吏部考试后才任用。身言书判，"身"是体貌丰伟，相貌堂堂；"言"是言词辩正，口才要好；"书"是讲究楷法遒美，字要写得漂亮；"判"是文理优长，就是要会判案子。因为古代行政司法不分，地方官就是法官。卢杞身言书判都不行，既没有学问，又长了一张讨人厌的蓝脸。杨炎见了卢杞就恶心，胃口倒尽，所以每次都托以疾病，不肯与卢杞共食。卢杞又想了办法，把杨炎害死。

另外还有一个人叫张镒（yì），忠正有才，德宗对他很信任，也是卢杞的眼中钉，他也想了一个法子害张镒。

张镒有一个好朋友郑詹，每次当卢杞午睡时，就跑到张镒的办公室聊天。

有一回，卢杞故意睡熟了，等着郑詹来。过了一会儿，郑詹来了，正与张镒谈得很开心，卢杞翻身而起，跑到张镒的办公室中，郑詹当然马上躲到布幔后面。

卢杞一口气滔滔不绝谈了许多朝廷的秘密大事，说了半天才停下来，张镒说："郑詹在此。"

"喔！"卢杞故作惊讶，"刚才我们说的话，可不能被任何人听到啊。"这时，郑詹正牵涉到一个司法案件之中，于是，卢杞便以恐怕郑詹泄密为借口，命审判的官员处了郑詹死刑，而张镒也就罢相职，天下人都为之扼（è）腕。

卢杞又赞成赵赞建议的间架税，使得百姓恨之入骨。古往今来的房屋税都是一栋一栋的房子计算，可是间架税是算屋上的梁架为标准。每屋有两架为一间，上屋税钱两千，中屋一千，下屋五百。谁敢藏匿一间屋，打六十棍，出首告密者赏五十缗（mín）钱，因此愁怨之声，处处可闻。

卢杞作恶多端，果然，不久酿成祸事。其实，一个人的美丑是天生的，外表好看，未必心地善良；同样的，长得难看的，不一定有内在美，卢杞就是一个例子。

颜真卿至死不屈

在上一篇之中，我们说到唐德宗用蓝脸卢杞为宰相，又采用苛刻的间架税，使得百姓们叫苦连天。

同时，有几个节度使又正闹得凶，节度乃节制调度也，任务是防守边疆重镇。当安史之乱平定以后，唐朝政府为了息事宁人，接受仆固怀恩的建议，将安史降将，分别拜为节度使；其中以幽州、魏博、成德、淄青节度使最为麻烦，称之为四镇之乱。

四镇之乱尚未平定，淮西节度使李希烈又在造反，李希烈自称为天下都元帅。都是总的意思，唐朝人喜欢用这个字，如果是今天的总经理就该称为都经理了。

建中四年（783 年），李希烈向汝州进攻，当时汝州别驾是李元平。李元平本是湖南判官，薄有才艺，性情粗疏骄傲，喜欢讲大话、论兵事。卢杞看他志向大，有将相之才，命他掌管汝州。

李元平好大喜功，到任第一件事就招募工匠修城门。李希烈立刻挑了几百个兵卒当壮士，混入应募的行列之中，统统都录取了。

然后，李希烈再派数百军队进攻，里应外合一下子把唐朝军队打垮了，而且活捉李元平。

李元平长得干干瘦瘦，像个小不点，而且连胡子也没有。一见到李希烈，紧张极了，竟然当场尿了出来。

李希烈捏着鼻子，指着满地尿液道：“这个瞎眼的宰相卢杞，竟然派你这种角色来抵挡我，未免太不把我李希烈看在眼里了。”

攻下汝州之后，李希烈派兵四处抢夺掠劫。百姓们大为震撼，纷纷窜匿山谷之中。

李希烈起事的消息传到京师，德宗大为震恐，把卢杞找来问话。卢杞眼珠子一转，心生一计："希烈年轻骁（xiāo）勇，恃功傲慢，一般将佐没有人敢谏阻。假使能用儒雅重臣，宣扬皇上之圣泽，向他陈述逆顺祸福的道理，希烈必然革心悔过，可以不用军旅弭平乱事。"

如果能够不用一兵一卒而平定战乱，当然是一件好事，何况唐朝自从安史之乱之后一直积弱不振。德宗问："派什么人去才合适？"

卢杞马上接口道："颜真卿为三朝旧臣，忠勇正直，刚毅果决，名重海内，人所信服，是最恰当的人选。"在上一篇之中我们说过，颜真卿的正直，向来是卢杞所嫉恨的；尤其颜真卿曾经用舌头把卢杞父亲脸上的血舔掉，对卢家有恩，益发让卢杞心里不痛快。因此，特别想了这条毒计，陷害颜真卿。

当颜真卿前往许州宣慰李希烈的诏令一下，整个朝廷的官员都变了脸色。因为李希烈以血腥残忍出名，断断不可能被任何人所感动，颜真卿此去是必死无疑。

汧（qiān）国公李勉听到这个消息，密上一个表，请求德宗收回成命，要求他不要派颜真卿前往，以为"失一元老为国家羞"。可是，德宗不答应。

颜真卿接到命令，毫不犹豫地启程，前往东都洛阳。河南尹郑叔则劝他道："此去一定被害，何不暂且留在这儿，等待新的命令。"

颜真卿却一点也不畏惧地回答："君命难违，我怎么能够因为怕死而逃避。"他写给儿子的书信（等于是遗书）中只是提到以后要好好扫祭家庙。

颜真卿，选自《历代名臣像解》。

当颜真卿到达许州，还没有宣布诏旨，李希烈已带着一千多名养子围着颜真卿。口中骂着脏话，一个一个拿着刀，比划着要把颜真卿的肉割下来，再细细地切碎的模样。颜真卿却是动也不动，脸上也平静地若无其事。李希烈看这老头子神色不动，知道威胁不了他，决定先软禁起来再说。

由于李希烈起兵声势最强，所以魏博等四镇节度使都派人来拜见李希烈，上表称臣，并且说“朝廷诛灭功臣，失信天下，都统（指李希烈）英武自天，应早称帝号，使四海臣民，知有所归。”

李希烈十分得意，把颜真卿召来，对他说：“你看，如今四王意见不谋而合。”

“呸，什么四王，只是四凶。你不自保功业，为唐忠臣，反而与乱臣贼子一块同归于尽吗？”颜真卿好好地训了李希烈一顿。

李希烈听了相当不悦，过了几天，又把颜真卿扶出来与魏博等四镇的使者见面。四使见了颜真卿，缓缓一齐下拜道：“久闻太师德高望重，今天都统将称帝，莫不是老天特别要你当都统的宰相吗？”

“胡说！”颜真卿怒叱道，“什么宰相，你们知道骂安禄山而死的颜杲（gǎo）卿吗？他是我的哥哥；我今年都八十了，知道守节而死，哪里会受你们的威胁利诱？”

四个使者挨了骂，不敢再多言。李希烈派了十个卫士，日夜监视颜真卿，而且在庭院中挖土，扬言要活埋他。颜真卿哈哈一笑，捻着白胡子道：“死生天定，何必多此一举。只要借我一把剑，不久即了你一件心事。”

由于颜真卿始终不肯投降，而且说服了李希烈的部下反叛，最后，李希烈派人用绳索勒死了他。

唐代大书法家柳公权曾说心正则笔正。颜真卿一生忠君爱国，守正不阿。在朝四十多年来，不断受小人排挤，最后又死在叛将之手，与其兄长颜杲卿互相辉映，光芒万丈。

泾原兵变

在上一篇《颜真卿至死不屈》之中，我们说到，唐德宗时代，若干跋扈藩镇起来作乱，宰相卢杞倒行逆施，不得人心。淮西节度使李希烈自称为天下都元帅，卢杞建议德宗，派颜真卿去劝服李希烈。结果，白白牺牲一条元老重臣之命。李希烈的乱事愈演愈烈……

建中四年（783 年）十月，德宗下诏泾（jīng）原节度使姚令言带领五千兵马前去讨伐李希烈，泾原军队一路东行，经过京师长安。这时，长安的气候已入冬季，军士们一路上忍受天气酷寒，又累又饿挨到了首都长安城。满心以为会得到皇帝一笔丰厚的赏赐，不料到达之后，竟然一无所得，万分地失望。

当五千人马到了长安以东的泸水之时，德宗下令京兆尹王翃（hóng）犒师。士兵们心想，没有赏赐，痛快打一场牙祭也好，一路上风风雨雨，也实在需要些好酒好菜祭一祭五脏庙。

谁知端上来的既不是山珍海味，也没有大鱼大肉，只有一些粗饼及发馊的饭菜，而且有一股难闻的酸腐味道扑鼻而来。大伙正在饥肠辘辘，不由怒气冲天，一脚踢翻送来的食物，而且用力地在上面踏来踏去，这下子连烂东西都没得吃了，更加地燃起愤怒之火。

这时候，不知道是谁脱口说出："我们都是要死于敌手的，竟然还不给大伙好好吃一顿，怎么去拼命啊？我听说皇宫里面琼林、大盈二库之中，金帛满得都要溢出来了，咱还不如到那儿去取一些。"

说着，这一群人像发疯似的，拿着铠甲，举着大旗叫叫嚷嚷。一路鼓噪，直往京师。

泾原节度使姚令言此时正在宫中拜见德宗，不知道外面出了这么大的乱子。他接到消息之后，立刻奔上快马出城阻止，这哪儿阻止得了呢？乱兵们纷纷用箭射向姚令言，姚令言吓得抱着马鬃（zōng）突入乱兵，大声喊叫着："你们错了，我们此去东征讨伐李希烈立功，何患不得富贵，这样乱搞是要杀头灭族的啊。"

军士们根本不听姚令言的话，扶持着他敲锣打鼓到了京城。德宗慌了手脚，命令宦官去安抚乱兵，答应一人赐两匹帛。乱兵们看到皇帝窝囊又小气，更加地不满，一箭射中了前来传达圣旨的宦官。德宗赶紧再运出二十车金帛，还是难以平息乱军的愤怒。

不一会儿，大军已喧声浩浩开入长安城，老百姓吓得狼狈逃走。乱兵却大呼道："不要怕，不要怕，以后你们不必再出间架税了。"间架税是一种以梁多少计数的税收，相当苛刻，引起人们普遍之不满（详见上篇）。

既然乱兵这么说，老百姓也不怕了，丹凤门外挤来了数以万计看热闹的小民。唐德宗急得冒冷汗，叫了半天"来人，来人"，却没有一个卫兵前来护驾。这是怎么一回事？

原来，负责守卫京师和皇宫的神策军使白志贞在搞鬼。他掌管一切招募之事，凡是禁兵（神策兵，也就是中央军）东征死亡者，他一概隐瞒，然后接受城中富人贿赂，把富人的名字补上去。这些富人名字在军籍上，可以领粮饷，受国家的给赐，可是人却端坐在长安城中开商店做买卖。

如此荒唐的事当然会出纰漏，执法严明的段秀实就曾上书皇帝："禁兵不精，每军人数都有欠缺，万一碰上患难，该如何是好？"

果然这场乱事不幸而言中，唐德宗匆匆忙忙与王贵妃、韦淑妃、太子诸王及唐安公主从苑北门逃出宫外，至于证明皇帝身份的

唐宫廷仪卫，陕西省礼泉县唐墓壁画。

传国玺则由王贵妃系在衣着之内。

正要离开宫门之际，姜公辅在德宗的马前下拜道："朱泚（cǐ）曾经为泾原节度使，因为他弟弟朱滔作乱，被皇帝软禁在京师之中，心中怏怏难平。臣以为陛下若是不能信任他，不如把他杀掉，免得泾原乱兵奉他为主，那就麻烦大了。"

唐德宗狠狠地瞪了姜公辅一眼，怒叱道："现在是逃难，保命要紧，哪儿顾得到这些？"

当贼兵杀入皇宫，东找西找，找不到皇帝，高兴得跳起来欢呼："天子逃走了，我们可以自求富贵。"看到的就往怀里揣，一直到完全拿不动了，两只手还是舍不得地再抓一把，入得宝山岂可空手而回？

不但泾原兵在大肆搜掠，宫外看热闹的老百姓也涌了进来抢东西，整个晚上热闹非凡，兴奋得要命。有一些挤不进皇宫的，就站在外头等，等着全身装满金银财宝的家伙，来一个黑吃黑。总而言之，里里外外乱成一团糟。

姚令言与乱兵们商量："众人无主，不能持久。如今朱太尉闲居私第，我们不如拥护他出来为主。"一呼百诺，众人拥向朱太尉私第。

朱太尉乃朱泚，原来是泾原节度使。他的弟弟朱滔是幽州节度使，公开反叛朝廷，曾派人要求朱泚一块起事，在半途之中，使者及书信被查获了。唐德宗看在朱泚先不知情的份上，饶过朱泚，却把朱泚留在长安。赐给他漂亮的花园，丰厚的田产，表面上对他客客气气，事实上是被看管起来了。

朱泚被软禁，心中当然不乐意；如今泾原兵变，找他出来带头，正中下怀，满口答应。

这个时候，唐德宗早就已经出奔到了奉天，有人说："朱泚为乱兵所立，即将前来攻城，宜早修守备。"宰相卢杞还在为他辩护："朱泚忠贞，群臣莫及，臣请以身家百口性命保证他不会造反。"如此昏庸的皇帝，再加上如此颟顸（mān hān）的宰相，泾原兵变乃是迟早之事也，士兵们的牙祭没有打成只是导火线罢了。

李怀光打草惊蛇

淮西节度使李希烈叛变，唐德宗召泾原兵增援。泾原兵冒着风寒赶到京师，竟然连一顿牙祭都没讨着，一怒之下，哗然造反。唐德宗仓皇逃难，泾原兵洗掠皇宫，共拥朱泚（cǐ）为主，在长安称帝……

朱泚称帝以后，即刻率兵攻德宗，把奉天城包围起来。奉天虽然没有被攻下，城里头却是一点儿粮食也没有了。唐德宗想派一位健卒到城外一窥虚实，这位健卒缩成一团，跪了下来，恳求德宗："天气实在太冷了，请陛下赐给一件襦袴（kù）。"

襦袴就是小背心，在京城里要多少有多少，可是逃难在外，找了半天，竟然连一件背心都没有。

此时正是农历十一月，不但缺乏御寒的冬衣，也没有食物。就是皇上的御食，也仅是粗粝（lì）二斛。只有当敌人休息之时，趁着夜晚摸黑，偷偷地把一个人缒（zhuì）下城外，摘一些野菜供给皇帝御膳食。

唐德宗捧着粗米，望着野菜，食不下咽，泪流满面道："朕之不德，自陷危亡，公辈无罪，应该早日投降以救室家。"群臣听了都低下头来，痛哭流涕，表示愿尽死力。所以将士们虽然困窘危急，还是士气高昂。

我们再回头说朱泚，当朱泚攻奉天之初，他谎称是前往迎接銮驾，真是说得好听，然后派遣韩旻（mín）领马步三千疾趋奉天。朱泚看上了段秀实，他心想，段秀实曾经当过泾原节度使，颇得士兵爱戴，后来却被削夺兵权，一定心怀愤恨，愿意与其为谋。

段秀实表面答应了，暗地里却使了一招，他造了一个假兵符，命令韩旻不要去攻奉天，先回来再说。韩旻回来了，把朱泚吓了一跳，他却不知道是段秀实的计谋。可是段秀实是个血性汉子，竟然自己暴露出来了。

原来有一天朱泚与段秀实谈到称帝之事，段秀实忍不住了，勃然而起，一把抢走了朱泚手上的象笏（古时天子及大臣用来书写记事用的手板。大家注意看古装片，凡是上朝之时，臣子手上都有一块），拿着象笏猛敲朱泚的脑袋，而且啐了一口唾液到朱泚脸上，大声骂着："狂贼，我恨不得把你碎尸万段，哪里会跟着你去造反？"说着，死命地用象笏猛击朱泚的脸。

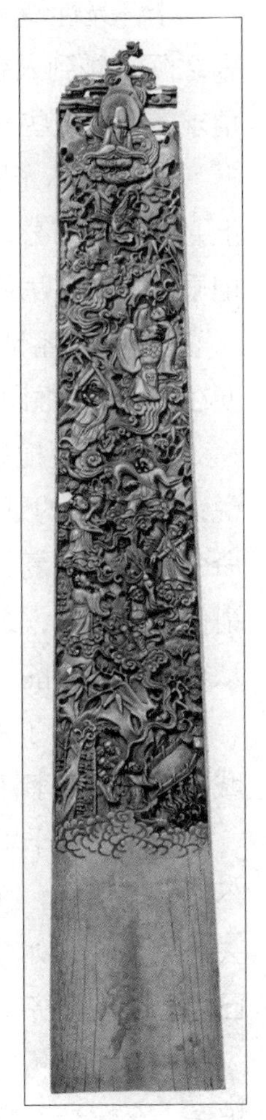

古代八仙庆寿纹象笏，旧藏岱庙。

朱泚额头开始冒血，溅洒了一地，他二人扭打在一起。朱泚的手下赶紧前来帮忙，朱泚得以低下身来匍匐而逃。段秀实知道事情不成，大声嚷道："我不与你造反，你为什么不把我杀了？"

他这么一说，朱泚的同党立刻前来扑杀。朱泚一手承着额头上流下来的鲜血，一手着急地乱摇道："他是义士，不要杀，不要杀。"可是已经来不及了，段秀实已在血泊之中，壮烈成仁。这时，东南西北如野火燎原乱成一片，造成了藩镇之乱的一个最高潮。

在此千钧一发之际，有人建议请朔方节度使李怀光前来保驾。李怀光原是靺鞨（mò hé）人，本姓茹，他的父亲有战功，被唐朝赐姓为李。性情勇猛，善于作战，郭子仪对他十分赏识。

李怀光接到命令之后，为着表现忠心耿耿，

立刻筹募军资，连夜赶路，大败朱泚于醴（lǐ）泉，又派大将张韶到奉天报告德宗。张韶到了城外，大呼："朔方军使也。"城内的官兵用绳索把张韶拉了上去，张韶已身中数十箭。当时唐德宗在奉天城中，正急得坐立不安，听说张韶来了，郑重宣布李怀光援军到，人心大为振奋。朱泚惟恐腹背受敌，暂且先退兵长安。

李怀光性情粗豪，一向痛恨宰相卢杞弄权误国。当他这一路前来之际，碰到人就说："天下之乱，皆此辈也，我见到圣上，一定请求圣上把这些庸臣杀光……"

等到李怀光屡建奇功，他更慷慨激昂道："今怀光新立大功，上必然开诚布公，询问臣之意见。我就刚好可以禀报圣上，宰相卢杞乖违正道，赋敛繁重大失民心，看卢杞还有什么话说！"

李怀光这番话很快传入卢杞耳中，卢杞心中万分恐惧。此时当然不便在德宗面前数说李怀光的不是，但又要如何阻止李怀光向德宗报告？

阴险的卢杞眼珠子一转，心生一计，他从从容容地对唐德宗说："李怀光的勋业，功高无比，社稷赖之，贼徒为之破胆。如果命令他乘胜收复长安，则可以一举而下，如破竹之势也。如果今日请他进奉天城，必当赐庆功宴，这一连几天庆功宴下来，贼人得以从容入长安防备。那个时候，想要再收复长安恐怕就不容易了啊！"

唐德宗听了卢杞的分析，觉得颇有道理，他也急着重返长安城。于是下令李怀光指日攻取长安，不必到奉天来见皇帝。

李怀光数千里竭诚赴难，大破朱泚，勇解重围，近在咫尺，却不得朝见皇帝。满以为唐德宗见了面有重赏，满以为可以为天下除去奸臣卢杞，如今都落了空。心灰意懒，失望地对人说："我现在已为奸臣所排挤，天下大事可以知矣。"

后来，李怀光因为担心卢杞会加害于他，带兵反叛，最后兵败被杀。李怀光若是沉得住气，不先到处嚷嚷，打草惊蛇，又何至于有此下场？可见得人往往因为多言误事。

陆贽才思敏捷

李怀光想要为国除恶，去掉卢杞，却因为多言误事，反而被卢杞利用。李怀光为求自保，一怒之下，起兵造反。

这时，不但有李怀光之乱，朱泚盘据长安，李希烈又攻下汴州，声势猖獗（jué）。唐德宗真是一筹莫展，不断在长长地叹气："这是天命啊！这真是天命啊！"

翰林学士陆贽（zhì）不以为然道："兵连祸结，赋敛日重，是以叛乱继起！"他不同意德宗归之于天命的说法。

陆贽是何许人也，竟敢如此顶撞德宗？他乃苏州人氏，是个孤儿。十八岁时登进士第，以精通儒学、文章写得好著名，曾任监察御史。唐德宗在东宫为太子时，素闻陆贽大名，召他为翰林学士。

建中四年（783年），泾原兵变，陆贽随德宗逃难到了奉天。兵荒马乱之际，皇帝一天要下几百则诏书，这些诏令都是由陆贽起草。他拿起笔来，思如泉涌，一会儿工夫就写好了。

在旁人看来，陆贽好像没有多加思虑。可是写完之后，拿来一看，写得清清楚楚，面面俱到，因此同事们对他佩服万分。

陆贽建议唐德宗："陛下应该痛自悔过以感人心。"德宗答应了，陆贽便为德宗起草诏书："朕长于深宫之中，居安忘危，不知稼穑（sè）之艰难，不恤征戍（shù）之劳苦……天谴于上而朕不知，人怨于下而朕不寤（wù）……其所加除陌钱、间架税一律停罢……"

陆贽，宋人绘，台北故宫博物院藏。

这篇历史上有名的罪己诏，写得充满感情，让人们觉得德宗是诚诚恳恳要改过。因此诏书一下，武夫悍卒为之感动得流泪；王武俊、田悦、李纳等都自动取消王号上表谢罪，可见得文章威力之大。

这段逃难在外的日子里，德宗对陆贽十二万分的信任。虽然有宰相，但德宗处理大大小小的事，必与陆贽商量，亲热地称呼他为“陆九”。无论走到哪儿都要带着他，当时的人们称陆贽为“内相”。

有一回逃到梁洋，由于栈道危狭，德宗与陆贽走失了。当天夜晚，唐德宗居住在次山馆之中，找不到陆贽，在又惊又忧的情形下，竟然哭了起来。然后下令：“得陆贽者赏千金。”

后来过了许久，陆贽来了，德宗破涕为笑，太子等人都来相贺。

既然皇帝如此信任有加，陆贽是个耿直的人，凡是见到不对的一概直言无隐，忠言直谏。朋友们劝陆贽不要太严峻，因为唐德宗不是唐太宗，没有纳谏的雅量。譬如说，蓝脸卢杞搞得天下大乱，德宗还在问大臣：“众人皆论杞恶，为何朕不知？”李怀光叛变，大事不妙，德宗才不得不把卢杞贬了官，心中还是偏爱卢杞。陆贽又一天到晚在批评卢杞奸邪致乱，德宗颇为反感。陆贽不予理会，他说：“吾上不负天子，下不负吾所学，不恤其他。”

他自认为对得起皇帝，对得起先圣先贤遗留下来的学问道德，其他的就不在考虑之列。

后来，李晟（shèng）等人收复了长安。德宗回到京师，益发觉得陆贽虽然忠心耿耿，却也说话太过逆耳，令人讨厌，日渐加以疏远。而且德宗许多作为，陆贽都有意见。

譬如说，除了日常赋税之外，德宗不够开支，鼓励臣下孝敬，有所谓“日进”、“月进”，每日孝敬或每月孝敬。凡是获得官位与保持官位都要仰仗贿赂进奉，于是地方官公然大肆搜括。一方面“为皇帝而贪污”，一方面可以中饱。搜括了三分，二分自己留着用，一分献给皇上，可苦了老百姓。

另外还有宫市，也是虐待百姓的表现。

什么是宫市呢？宫市就是宦官到市场上为宫中采买货物。宦官先是强制购买货物，价钱比原价低廉；到了后来，只随便塞给商人一些染坏的破裂的绢帛。因此商人们远远地看到宦官来了，赶紧把一些比较好的货品藏了起来；卖饼沽浆的小贩，干脆把摊子收了。

贞元（唐德宗的另一个年号，德宗在位共使用了三个年号：建中、兴元、贞元）十三年（797 年）十二月里，有一个农夫用驴子负柴走过，被宦官看上了，叫他把柴送到宫里去。

农夫自认倒楣，满心不情愿地把柴送去。宦官看上了那匹驴子，于是要农夫把驴带入宫中。农夫着急地哭了起来，把刚刚用柴换来的绢还给宦官道：“柴送给你，绢我也不要了。”

宦官不肯收下绢，还霸道地说：“我要你的驴子。”

农夫气坏了，跳起来指着宦官的鼻子道：“我有父母妻子，等着我卖柴回去养家活口。现在我把柴给你，又不要你的钱，你还不肯，我只有死路一条了。”说着揪住宦官的衣襟，就是一顿好打。街坊官吏赶过来，纷纷斥责宦官，于是给了农人十匹绢，可是宫市还是没有更改。有人对德宗说：“京师里有一万多家游手好闲、无产无业者，都仰赖宫市过活。”德宗还以为自己又有一大德政哩。

有一次，德宗穿着便服，扮成百姓，大摇大摆走进一个百姓赵光奇的家里，十分得意地垂询：“老百姓快乐吧？”

“不乐！”赵光奇率直地回答。

“噢，今岁收成丰稔（rěn），为什么不乐？”德宗大吃一惊，他似乎不明白自己在百姓眼中是个昏君。

宋人苏东坡赞扬陆贽智慧比得上张良，文采超过张良。上格君心之非，下通天下之志，可惜生不逢时。如果德宗肯虚心纳谏，可以在陆贽辅佐下再造贞观之治。不过，话又说回来，陆贽明知德宗不是太宗，仍然为天下百姓挺身直言，是了不起的中国知识分子。

韩愈反对迎奉佛骨

在唐朝中叶时代，当时文人承袭了自后汉、魏、晋、宋、齐、梁、陈、隋八个朝代的风气，写文章讲究词藻艳丽，对仗工整，往往满篇都是漂亮的形容词，却说不出一点儿道理。这种奢靡的文风，甚且影响到政治与社会风气。于是有识之士，起来倡导文学的复古运动，其中最重要的人物便是韩愈。

韩愈，字退之，邓州（河南南阳）人。因为他的家原先住在昌黎，所以他后来写文章，常常自称为韩昌黎。韩愈童年时代命运凄惨，在三岁的时候父母就去世了，由堂兄韩会及堂嫂郑氏抚养长大。韩会本来在朝廷中当起居舍人（史官），后来，宰相元载犯罪，韩会受到牵累，被贬到韶州。

十一岁的韩愈随韩会到了韶州不久，韩会去世；嫂嫂郑氏带着一门孤寡，把韩会的尸体运回家乡。郑氏对韩愈非常慈爱，真正做到长嫂若母。后来韩愈在写《郑夫人文》及《祭十二郎文》中，再三感激嫂嫂。许多人都说“读《出师表》（诸葛亮所写）不哭者为不忠，读《祭十二郎文》不哭者为不孝”。韩愈自己也相当争气，从小刻苦励学，从来不需要人家催促。他发愤研读儒家书籍，精通六经与百家之学。在廿五岁时，韩愈考取了进士，当时慧眼识英雄的主考官，就是我们在前面介绍的陆贽（zhì）。

在前面《蓝脸卢杞》之中，我们说过，唐朝任官制度中规定，在礼部考试通过之后，只是取得一个任用资格；想要做官，还得通过吏部的考选，用身言书判的标准予以考核。韩愈一连考了三年，年年名落孙山；他失望极了，只好出任宣武节度使董晋的幕僚。

在唐顺宗永贞年间，韩愈因为写了一篇《进学解》的文章，被宰相看到，大为欣赏，官位逐渐升高。到了唐宪宗元和四年（809年），正式奉召担任国子博士。

到了元和十四年（819年），韩愈出了一件大事：

当时的皇帝唐宪宗，是位虔诚的佛教徒。长安西边凤翔府法门寺的护国真身塔藏有一节释迦牟尼的指骨，相传这节指骨非常吉祥，灵验得不得了。真身塔每三十年开一次，迎奉佛骨供养，必能年丰民安。

元和十四年（819年）正是满三十年的大日子，唐宪宗郑重其事，命令中使带了三十位宫人，拿着香花，前往迎奉佛骨。先在宫中供养三天，再送往长安各个寺庙之中轮流供养。

唐室皇帝、大臣礼佛图，敦煌壁画。

皇帝既然如此虔诚，一般王公士庶更加热中。于是长安城中，老少奔波，放下工作，顶礼膜拜。有的解衣散钱、捐献寺庙，也有的用火灼（zhuó）头烧臂，表示比别人心诚，要求供养佛骨。从早到晚，人人为此忙个不停，简直到了走火入魔的程度。

韩愈当时在刑部担任侍郎。他认为这种情势演变下去，一定有人把手臂砍断，把肉切碎，表示舍身事佛。这足以伤风败俗，而且使百姓废业破产。

于是韩愈写了一篇《论佛骨表》上奏给宪宗皇帝，说明佛之不可信，他说：

“佛教是夷狄的宗教，中国上古未曾有此，当时天下太平，百姓长寿。到后汉明帝时才有佛教，其后乱亡相继，国运年寿都不长久。梁武帝在位四十八年，三度舍身于佛，其后竟为侯景所逼，饿死台城。”

接着请求：

“把佛骨交给主管官吏，付之水火，永绝根本。如果佛骨有灵，能作祸祟，一切灾殃，由臣承担，上天鉴福，绝不反悔。”

唐宪宗看了这篇露骨激烈的上表，气得牙齿格格作响，立刻要把韩愈处死。

宰相裴度为韩愈说情：“韩愈若非内怀忠恳，不惧贬责，哪能如此？伏请稍加宽容。”

宪宗仍然气得脸色发青，生气地说：“韩愈说我奉佛太过，尚可容忍，至于说东汉奉佛之后，帝王都早死，未免太荒谬了。愈为人臣，如此狂妄，固不可赦。”说的也是，韩愈简直在诅咒宪宗既然信佛就等着早死。

后来，皇亲国戚都为韩愈求情，才改为贬做潮州（广东潮安县）刺史。他到了潮州之后，有几件事值得称道：

第一，为民除鳄鱼之害。潮州在唐朝还是一个落后地区，韩愈上任之后，询问民间疾苦，人人都叹："有鳄鱼出没，吃光百姓家畜，苦不堪言。"

韩愈前往视察，丢下猪一只、羊一只，并且写了一篇文章警告鳄鱼，果然鳄鱼远徙六十里。当然这不是文章的功能，鳄鱼又不识字，而是韩愈带领村民拿着毒矢，把鳄鱼赶跑了。这就是文学史上著名的《祭鳄鱼文》。

另外，他又释放奴婢，兴办学校，从此潮州地方文风大盛。

韩愈毕生最大的成就还是提倡文以载道。他主张文学是用来记载道理的，文学离开了伦理道德便没有价值，离开了教化便失去功用。他反对六朝以来那种香艳色情的内容，主张文学与儒道合一。

韩愈的文章，大部分都是阐扬儒家仁、义、忠、恕的道理。他的文章也代表他的思想，他对思想上的主张十分执着，不惜挺身而出。所以宋朝的苏东坡赞美韩愈"文起八代之衰，道济天下之弱"。他不但是中国历史上重要的文学家，也是有地位的思想家。

王叔文除宦官

在前面《陆贽才思敏捷》之中，我们说过，唐朝中叶，宫市很遭百姓痛恨。宫市就是宦官出去买东西，强取豪夺。有时不但不给钱，还要讨“门户钱”、“脚价银”（即搬运费），使人民大为反感。

唐德宗不知道宫市扰民，然而，德宗的太子后来继位，即唐顺宗却常常听伴太子读书的侍读谈起。

有一天，大家正群情激愤提到宫市的强行霸道，太子毅然表示：“我要是见到皇上，一定要详详细细禀报这件事。”

“对啊，应该让皇上知道。”大伙都点头附和，只有一位王叔文，紧紧地闭着嘴，满脸不以为然的神态。这位王叔文，山阴人氏，知书达礼，因为擅长下棋，时常在东宫陪着太子下两子。

等到众人都告退以后，太子把王叔文留下，问道：“刚才谈到宫市一事，你为什么沉默无言，是不是有什么意见？”

“叔文蒙太子的宠幸，如果有所意见，怎敢不禀报。只是，太子的职责只是向皇上问安，不应该多言外事；尤其皇上在位日久，如果怀疑太子收买人心，太子如何解释？”

太子一听此言，直冒冷汗；因德宗已在位二十多年，万一有小人离间，说是太子等不及要当皇帝了，那可是一件危险的事。太子因此感激地拉住王叔文的手用力摇着：“若不是先生，我绝对想不到这一点。”

从此以后，太子对王叔文是彻底的信任，王叔文时常对太子说："某人可当宰相，某人可当大将，殿下将来可以重用。"他又密结当代知名之士如刘禹锡、柳宗元等人。

太子身体很坏，不久，就中风瘫痪在床上。唐德宗永贞元年（805 年）正月，诸王亲戚都来贺新年，只有太子因为中风不能行动，不能前来。唐德宗因为伤心过度，也一下生了重病，拖了二十多天，一命归天。太子即位，是为顺宗。

老皇帝刚刚过世，新皇帝又中了风，这可怎么得了？顺宗知道人情忧疑，勉强披麻戴孝，支撑孱（chán）弱的身体出九仙门。人们看到皇上天颜，方才安下心来。

当顺宗在太极殿正式即位时，还有卫士心里头存着疑心，踮起脚来，伸长脖子，想要看个清楚；等到确定的确是顺宗，忍不住喜极而泣。

顺宗虽然抱病登基，圆满地完成典礼。事实上，他的病情已经相当严重，喉头喑（yīn）哑不能作声，也没有办法决断公事，只有深居帘帷之中，由妃子牛美人照顾着。一切政事由牛美人把皇帝的意旨告诉宦官李忠言，再由李忠言授交王叔文，然后王叔文与柳宗元等裁定。

从此，王叔文当年领导的"影子内阁"正式实现了。韦执谊做了宰相，当年密结的一批同志也都入了阁。他们做了不少改革的事，例如取消了到民间搜括给皇帝的"月进"钱（详见《陆贽才思敏捷》一篇），放宫女回家，减免刑期，取消宫市……但是他也有一些同党品德不佳，例如王伾（pī），专门贪污纳贿，定制了一个特大号的柜子贮藏这些肮脏的金帛，到了晚上，怕遭小偷，夫妇俩就睡在大柜子上面。

王叔文知道要巩固地位，第一步要先夺兵权，而兵权掌握在宦官之手。

唐德宗在泾原兵变时，出奔奉天避难，一路上吃尽千辛万苦。

内廷太监，山西侯马皮影。

此时，在危颠颠的栈道上保护他的是宦官，千方百计弄一碗热汤来为他解饥的也是宦官。因此，唐德宗认为，一般王公大臣都是自私自利，只有宦官能够患难与共。

所以，当德宗返回京师后，便将神策军的指挥权交到宦官之手。

王叔文等痛恨宦官危害朝政，于是派遣范希朝担任京西神策军使。开始之时，宦官还没有醒悟这是针对他们来的，等到边境的将领纷纷向左右神策护军中尉辞别，而且说，以后将由范希朝统属，宦官才恍然大悟兵柄被王叔文所夺。气焰嚣张的宦官们勃然大怒："如果王叔文的计谋得逞，我等必死于他手。"

于是，一些个老宦官如俱文珍等，秘密地派人对诸将领提出警告："不准把兵队交给他人。"

果然，当范希朝到达奉天，诸将领慑于宦官的威势，没有一个理会范希朝。范希朝急忙请示王叔文，王叔文也只有两手一摊："我也无可奈何。"

王叔文的改革受到了重大阻碍。过了不久，更坏的消息传来，王叔文的母亲病危，王叔文不得不在这个紧要关头赶回家去侍奉汤药。过了没两天，王母去世了。根据中国传统，父母去世，要辞官在家守孝，王叔文的母亲生了重病，正好在政争激烈的当头归天。王叔文这一丁忧（父母之丧称为丁忧），所有改革当然也就搁置。

宦官们正好利用这个机会，以唐顺宗中风为名，逼着顺宗退位，迎立太子李纯即位，是为唐宪宗。

大权又落入宦官之手，王叔文想利用宦官打倒宦官的计谋彻底失败。王叔文被赐死，刘禹锡被贬为朗州司马，柳宗元被贬为永州司马；一共有八人被降为司马，他们都是著名的文人，历史上称之为“八司马事件”。

当王叔文知道顺宗被逼让位时，只有长叹一声“出师未捷身先死，长使英雄泪满襟”，这是杜甫题诸葛亮祠堂诗末句。王叔文也许称不上英雄，但是他想去除宦官，却是唐朝士大夫的一致愿望。

柳宗元的寓言故事

在《王叔文除宦官》之中，我们说到，王叔文想除宦官不成，被赐死。王叔文的同党也一一被贬，其中包括两个大文学家，柳宗元与刘禹锡，下面就是柳宗元的故事。

柳宗元，字子厚，唐朝河东（今山西）人，生于唐代宗大历年间。小时候就异常精敏，十七岁中进士，二十九岁做到监察御史。

他才气过人，为官清廉；讨论事情时善于旁征博引古今故事，经书、史书及诸子百家之言都能随时顺口而出；每次开会时，雄辩滔滔，震慑全场，名气非常响亮。当时朝中王公大臣，都想要把他罗致到门下，以与他交往为荣。

唐顺宗即位，王叔文积极谋求改革，柳宗元担任礼部员外郎的重要职务。因此，王叔文失败，柳宗元也难逃一劫，被贬为邵（shào）州（今湖南邵阳）刺史；走到一半，又被贬为永州（今湖南零陵）司马。

永州地方偏僻，靠近广东，柳宗元在永州一住十年，更加刻苦励学，博览群籍。当地山水风景甚佳，他游山玩水归来，写下不少流传千古的游记。

在宪宗元和年间，柳宗元与王叔文的同党们一块被召回京都，却又再次被贬。他当时被贬到柳州，又是一个穷山恶水的地方，柳宗元自己不以为意，倒是担心刘禹锡被放逐到播州。

刘禹锡也是人们熟悉的唐朝大诗人，他所写的《乌衣巷》脍炙

乌衣巷、朱雀桥，明人绘。

人口——“朱雀桥边野草花，乌衣巷口夕阳斜，旧时王谢堂前燕，飞入寻常百姓家。”（形容从前王导与谢安住过的朱雀桥畔，只剩下一片野草杂花。那乌衣巷口，只见夕阳斜挂，王家谢家堂间的燕子，如今已飞到一般百姓家中。把富豪之家沦落的情景描写得异常生动。）

言归正传，柳宗元听说刘禹锡被逐播州后，难过得哭了起来：“播州根本不是人住的地方，而梦得（刘禹锡）却有高堂老母，我实在不忍心他离开老母，也没有叫他老母跟着去受苦的道理。”

于是，够义气的柳宗元上书朝廷：“请准许用臣的柳州来调换刘禹锡的播州，我即使因此而获重罪被处死亦在所不惜。”

幸亏，此时已有裴度（裴度的故事下次再详细说）向宪宗说情，刘禹锡被改为连州刺史。柳宗元这种为朋友两肋插刀，义气千秋的高风，值得我们效法。

柳州在广西马平县，比永州更加荒僻。他看到满目荒痍，倒是挺有信心道：“谁说这儿就不能推行善政？”说着，他便开始推行教化，改善当地风俗。原来，柳州有一种很坏的习俗：往往用子女作为向人借钱的抵押品，钱还不出来，子女只有被债主没收为奴婢，有违人伦之常。

柳宗元为改革恶习，命令双方订立雇佣契约，当佣金与本金相等时，贷主应该无条件把人质放回。如此，一年之内，被释放而回家团聚的子女竟达一千多人。

柳宗元是唐宋八大家之一，在唐代与韩愈并称，文章各有千秋。他擅长考订、游记；此外，能写很好的寓言。寓言，在周秦时代最为发达，但在汉代之后，写得最好的可说是柳宗元了。下面我们讲一个柳宗元的寓言故事——

《捕蛇者说》：永州地方出产一种特异的毒蛇，黑底白纹，毒性甚强，草木一碰到马上枯死，如果蛇咬了人，无药可救。然而，如果捉到毒蛇，风干做成药饵，可以治愈麻风、手足拳曲与恶性肿疮，而且可以去腐生肌。因此御医在永州搜购毒蛇，每年进贡两次。凡捕到毒蛇者免缴田赋，于是永州之人争先恐后去捕捉。

柳宗元与捕蛇者，今人范曾绘。

有一个姓蒋的人，他家三代都以捕蛇为业，我问他捕蛇的情形，他说："我祖父死于捕蛇，我父亲死于捕蛇，我也有好几次险些送命。"这时，捕蛇者脸上抹过一脸黯然。

我很同情他，对他说："我去告诉地方官，给你换一样工作可好？"

蒋氏听了，眼泪汪

汪："你是在可怜我吗？如果我不捕蛇，境况会更惨。我家三代居住在此，已有六十年了。他们呼号转徙，饿渴困顿，触风雨，犯寒暑，努力耕种，仍然不得活命。以前和我祖父一块住在这儿的人，现在十家之中剩不到一家；以前和我父亲同住的，十家之中没有两三家了。他们不是死亡，就是迁往他地，只有我因为捕蛇，还能在此生存。那些个悍吏差役，来到我们家乡，东西叫嚣，南北骚扰，大家都害怕得不得了，吓得鸡飞狗跳。只有我，慢慢地爬起床，看看瓦罐里的毒蛇还活着，就大可以放心地回去睡大觉。只要小心饲养着毒蛇，到时候呈献上去，回来以后，安安稳稳颐养天年。一年冒着两次生命危险，其余的时间，安安乐乐，比起我的农人邻居，天天担心害怕要好得太多了。我即使捕蛇而死，也没有什么可抱怨了。"

我听了蒋氏的话，心中愈加悲痛。孔子曾说："苛政猛于虎。"以前很怀疑这句话，现在我相信田赋税收之毒真比毒蛇还要可怕。

在前面《泾原兵变》一篇中，我们曾说过唐朝中叶之后，政治败坏，赋税繁重。读了柳宗元的《捕蛇者说》，有更深一层的认识。

裴度仗义执言

在上一篇《柳宗元的寓言故事》之中，我们说到，当柳宗元被放逐到柳州时，他不担心自己的安危，却顾虑到好友刘禹锡被贬播州，因而上书皇帝，请准用自己的柳州交换播州，因为播州比柳州更加荒凉。后来，由于裴度挺身而出，使得刘禹锡改迁为连州刺史，现在我们就要说裴度的故事。

裴度，字中立，唐德宗贞元年间进士及第。他学问很好，而且有一身侠骨。

宪宗元和年间，一般老百姓除了畏惧宦官之外，最害怕五坊小儿。什么叫五坊？五坊指的是雕（diāo）坊、鹘坊、鹞坊、鹰坊及狗坊。顾名思义，可以知道这是皇宫内养凶悍鹰犬的地方。由于这是皇帝游乐的场所，管理五坊的小儿也自然而然抖了起来（小儿不是小孩子，是管理五坊的工人），不可一世，老百姓视之如寇盗。

有的时候，五坊小儿会打开一张网，放在老百姓的家门口以及水井旁。当人们要出来打水时，五坊小儿立刻粗声粗气地呵斥："回去，回去，要是把我的鸟雀吓着了，不敢飞来，看你该当何罪？"

一个人怎么可能不出门？又怎么可能不打水？古时候又没有自来水。于是，只有乖乖地孝敬五坊小儿，客客气气把这一批凶神恶煞请走。

又有的时候，一群五坊小儿互相吆喝去上馆子，叫最贵的菜，喝上好的酒。酒醉饭饱之后，非但不付钱，还大模大样留上一笼毒蛇，郑重其事对店主人说："这些蛇是我用来供养鸟雀的，你要好好地养着，不要让蛇饿了或是渴了。"

店主看看那笼毒蛇，一条一条都在蠕动着，嘴中吐出长长的信子，一对蛇眼怒目而视，看着实在怕人。万一店中摆上这么一笼，还有客人敢上门吗？于是，又只有塞给厚厚的红包，把五坊小儿打发走。

有一回，五坊小儿到了下邽（guī）县，这个县的县令裴寰（huán）性情严刻，痛恨五坊小儿的凶暴；因此对他们一切秉公处理，完全不来曲意奉承那一套。五坊小儿受此大辱，一状告到唐宪宗那儿去。

唐宪宗也颇为生气，把裴寰逮捕入狱，安他一个"大不敬"的罪名。后来裴度为裴寰说情："按罪，裴寰是应该受罚，但他如此爱惜陛下的百姓，岂可加罪？"中国古代认为老百姓全都是天子的子民，宪宗想想有理，也就把裴寰给放了。

在元和十二年（817年）时，有一个商人张陟（zhì）欠了五坊使杨朝汶的一笔利息钱，躲了起来。杨朝汶（wèn）不甘心受损失，带了一批人到张家去搜，搜出一本账簿（bù），上面写着卢载初欠了张陟不少钱。

有人对杨朝汶说，这个卢载初，其实就是前任西川节度使卢坦。

杨朝汶一听，不由分说，立刻往卢家索钱。而卢坦已经死了，父债子还，反正逃不掉。杨朝汶把卢家大大小小全都捆绑起来，卢坦的儿子不敢反抗，最后花钱消灾了事。

后来，仔细一核对，方才发现卢载初并不是卢坦，而是前任郑滑节度使卢群的化名。卢坦的儿子愈想愈不甘心，去找杨朝汶理论。

杨朝汶把脸一摆，冷冷回答：“钱已入账，怎么可能再还给你？”

这件事被御史中丞及谏官知道，上书宪宗，陈述杨朝汶横暴的情形。唐宪宗想要包庇杨朝汶，轻描淡写地表示：“这没什么。”

裴度再度挺身而出，唐宪宗故意转变话题：“我正想与卿商量东军大事，这件小事我自会处理。”

裴度，选自《历代名臣像解》。

裴度不肯放松，紧逼道：“用兵乃小事也，五坊追捕老百姓乃大事也。兵事不理，不过东方地区危急，五坊小使横暴，却会使百姓遭殃。”

唐宪宗听了，颇为不悦。过了一会，又省悟过来，把杨朝汶叫了进来，臭骂了一顿，并且说：“都是你，都是你害我刚才在宰相前面丢脸。”说着，命人把杨朝汶问斩。

在穆宗时代，裴度改任淮南节度使。有一个宦官刘承偕被穆宗派去监军，欺负昭义节度使刘悟。刘悟的手下看不过去，群情激愤，把刘承偕的手下杀掉了两个。刘悟赶快把刘承偕关到牢里，免得他被杀，却也不放他回京里去。

唐穆宗问裴度：“刘悟把刘承偕关了起来，如何处置？”

“臣如今是藩臣，不是宰相，不宜议论军国事。”裴度不肯发表意见。

唐穆宗不满地发牢骚：“刘悟真对不起我。我给他仆射的官做，最近又赐他五万匹，他不报答，反而把我的监军关起来，我实在难耐此事。”

裴度接着说：“刘承偕在军中不守法，人尽皆知。刘悟曾写信给我，告诉我这件事。”

“我都不知道啊，刘悟为何不密奏我，我岂会不处理？”

“刘悟是一武臣，不明体例。然而今天臣面奏，陛下听到了也未能决断，又怎么能怪刘悟不上奏？”裴度丝毫不客气地追问穆宗。

最后穆宗叹一口气：“我也不是舍不得刘承偕，只是他是太后的养子，你看怎么办？”于是，穆宗听从裴度的意见，把作恶的刘承偕发配边疆。裴度仗义执言，敢作敢当，我们这个社会太需要裴度这种正直之士。

裴度的毡帽

在前面《王叔文除宦官》之中，我们说到，唐顺宗因为中风不能临朝。宦官们利用这个机会，迎立太子即位，是为唐宪宗。

宪宗以二十九岁英年即位，有意整顿纲纪，锐意图治。他与宰相杜黄裳讨论到藩镇的问题，杜黄裳认为，这是唐德宗中叶以后的姑息之祸，唐宪宗也深以为然，决定积极讨伐叛逆。

其中，淮西节度使向来是朝廷方面顶头痛的人物。元和九年（814 年）时，淮西节度使吴元济行为跋扈，性情暴戾（lì），还时常发兵四处掳（lǔ）掠。唐宪宗决定对淮西用兵。

首先，唐宪宗在元和十年（815 年），下令削吴元济的官职。吴元济着急了，向成德节度使王承宗、平卢淄青节度使李师道请援。王承宗、李师道联合数次上表，请求宪宗赦免吴元济之罪，唐宪宗不肯答应。

李师道见朝廷没有意思恢复吴元济的官爵，很担心下一个就轮到自己被整。于是，派遣两千人前往寿州，表面上是协助官军讨伐吴元济，事实上准备暗中支援吴元济。

李师道家中豢（huàn）养了十几个刺客，每一个都领着巨额高薪。其中有一个人对李师道说："用兵之急，第一就要有充足的粮食，如今河阴地方聚集大批粮草，不如先找人把粮草烧个干净，然后再募集东都几百个恶少，叫他们去劫都市，焚宫阙。如此一来，朝廷鸡犬不宁，也就没有办法对付咱们了。"

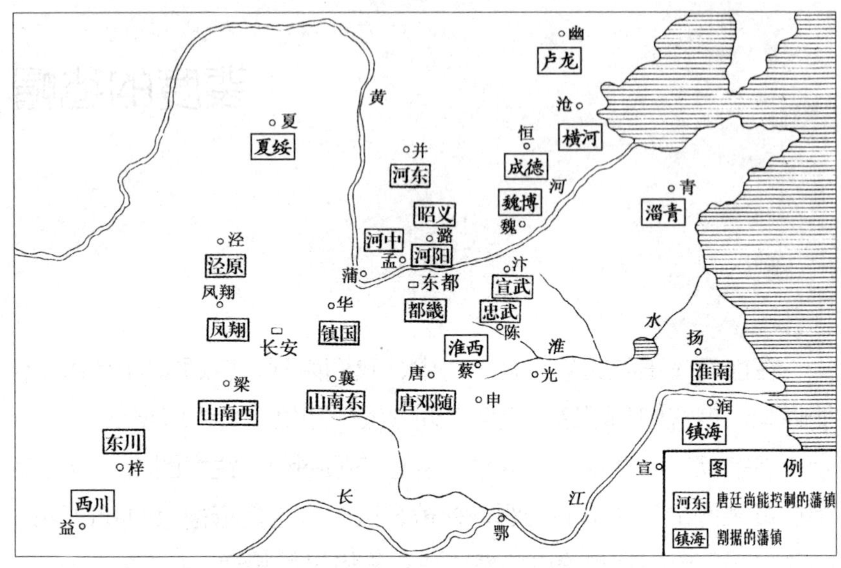

唐宪宗初期主要藩镇割据。

“这个主意倒是挺不错的。”李师道立刻着手进行，派出一批喽罗攻入河阴转运院，杀伤十几个人，又烧掉三十多万缗匹布，两万斛粮草。许多大臣都上书宪宗，请求罢兵，可是宪宗仍然决定贯彻始终。

李师道这一着计谋没有成功，又有一位刺客献上新主意：“天子之所以锐意对付蔡州（淮西节度使的治所在蔡州），都是因为宰相武元衡掌管兵事，一心一意想要平定藩镇。假如我们派一个人去刺杀武元衡，武元衡一死，继位的宰相一定不敢再坚持用兵，群臣也一定会争相劝谏皇上罢兵。”李师道听完，立刻拿出一笔优厚的酬金，交到刺客手中。

刚好这时王承宗又派人去为吴元济游说（shuì）。此人一到中书省，出言不逊，宰相武元衡把他赶了出去。

元和十年（815 年）六月里，有一天清晨，武元衡正要上朝，刚刚走出他所住的靖安坊石门，忽然有一个贼人在暗中射箭，武元衡的侍从吓得作鸟兽散。此时，那贼人冲出，牵着武元衡乘坐的马，拉到暗处，把武元衡杀了，而且，还把他的头颅砍了下来。

贼人杀掉了武元衡，又来找裴度。一箭射中裴度的脑袋，裴度翻滚掉入水沟中。六月里，天气不算冷，也不知为什么裴度戴了一顶厚厚的呢毡帽，这顶厚帽成为裴度的安全帽，使他免于一死。

贼人一看裴度还活着，正冲向前，准备再补上一箭。忽然，裴度的仆人王义从后面窜出，死命地抱住贼人不放，而且大声呼喊："不得了，不得了，有刺客！"

那个贼人心一慌，拔腿想跑，偏偏王义使出了吃奶的劲儿，说什么也不肯放手。最后贼人用刀把王义的手臂砍掉，仓皇而逃。

堂堂宰相竟然当街被刺杀，这还了得。顷刻之间，消息传遍了京师，个个惶骇不安。朝廷赶快加派金吾卫士（左右金吾卫是官名，其职掌是负责宫中及京城昼夜巡警），各个主要的城门加强巡逻，而且箭都上了弦，如临大敌。凡是进出城门者，无不喝叱停下，展开严密的搜索。

第二天，朝臣们上朝时都战战兢兢，甚且躲在家里，不敢外出。唐宪宗上朝，发现殿上只疏疏落落站了几排人，等了半天，班列间的官吏，还没有到齐。

贼人又张狂地寄了三封信给金吾卫、京兆府及两赤县，上面恐吓道："不要急着逮捕我，否则我先杀掉你。"所以卫士们也怕了，不敢积极搜捕。

兵部侍郎许孟容上书皇帝："自古没有宰相横尸路边，而竟然朝廷不能逮捕强盗，这简直是国家的耻辱。"许孟容又上书，要求起用裴度为宰相，表明朝廷绝不屈服之决心。

唐宪宗表现得也十分果断，下诏捕贼人，而且悬赏钱万缗，并赐五品高官。同时宣布，有谁敢藏匿贼，诛灭全族。

于是，展开大规模的京城搜捕行动，凡是公卿大夫家中有复壁夹屋的，都一一予以搜查。

裴度虽免于一死，却也受了伤，在床上躺了二十多天。有些臣子建议，请求罢免裴度的官职，免得激怒贼人。不如暂时妥协、包容，坐下来谈判、沟通，避免造成双方太过尖锐的对立。

唐宪宗气得破口大骂："如果罢裴度的官职，等于贼人奸谋得逞，还有没有纲纪可言？我要用裴度！"随即发表裴度为中书侍郎同平章事。

裴度虽然险些送命，却愈挫愈勇，上书皇帝："淮西心腹之疾，不得不除，两河藩镇跋扈者，将以此事看朝廷的态度，决定是恭顺还是叛变。"

唐宪宗深以为然，把所有兵事交给裴度处理。

李愬善用降将

淮西节度使吴元济不服朝廷命令，唐宪宗决定用兵讨伐。淄青节度使李师道为帮助吴元济，竟然派出刺客，杀掉了宰相武元衡，裴度戴了一顶厚毡帽，大难不死。唐宪宗为着表明不屈服的决心，毅然起用裴度为相，并且全面通缉刺客。

后来，果然被唐宪宗逮到了刺客，予以问斩，同时积极地展开对淮西用兵。以裴度主持讨贼军事，李愬（sù）担任大将。李愬是讨伐朱泚（cǐ）的大将李晟（shèng）之子。

李愬擅长骑射，而且极有谋略。元和十一年（816年），唐宪宗一连用了高霞寓与袁滋两名大将都徒劳无功。李愬上书皇帝，自请出征，真所谓虎父无犬子。

他不但勇敢善战，而且待人诚恳，完全没有世家子弟的骄奢。上任之后，第一件事就是解散优伶乐队，停止宴乐，士卒受伤了，他一定亲往抚慰。过了没有多久，赢得上上下下一致的爱戴。

李愬一出征，马上就有辉煌的战功。他生擒丁士良，丁士良是吴元济手下一名大将，是唐朝政府顶伤脑筋的骁将之一。李愬的将士们都要求剖开丁士良的心脏。

李愬客客气气把丁士良请入上座，丁士良也诚恳地对李愬道："吴秀琳拥有三千精兵，牢牢守住文城栅，所以唐朝官军不敢越雷池一步，你不如先招降吴秀琳。"

于是，李愬照着丁士良的话去做，吴秀琳也答应投降了。可是，唐朝刺史派兵前往文城栅时，却遭到猛烈的攻击，城中扔出大石如雨。大家都说："糟了，这小子诈降。"李愬却很有信心地说："吴秀琳是在等我。"

果然，当李愬到了城下，吴秀琳立刻收兵，乖乖地下马。李愬拍拍吴秀琳的肩膀表示嘉许慰劳之意，不费一兵一卒，李愬又赢得一次胜利。

总而言之，李愬每次抓到降卒，总是亲切地问长问短，晓以大义；降卒受到感动，也都愿意和盘托出。这么一来，城中虚实、险易，李愬摸得一清二楚，知己知彼，攻无不克。

某日，吴秀琳对李愬说："你欲取蔡州，非李祐不可，秀琳对此，无能为力。"

李祐乃淮西骁将，有谋略，会打仗，作风狠毒，经常打败官军，也可说是官军的克星。

元和十二年（817 年）五月，李祐带着手下在张柴村割麦子。李愬认为这是一个不可多得的好机会，他对一个将领说："带着三百个骑兵躲在树林里，然后挥扬旗帜，装作要烧麦子的样子。李祐一向看不起唐朝军队，一定会单枪匹马跑过来算账，我就能生擒李祐了。"

这条计划相当成功。李祐远远见到唐军要烧他辛辛苦苦割下的麦穗，怒火冲天追了过来，中了埋伏，李祐被活捉。

将士们看见李祐，恨得眼睛里直冒火花，一致要求把李祐宰了，以泄心头之恨。李愬不肯，不仅没有五花大绑，反而待之以上宾之礼，请他享用最好的佳肴美酒。

不但如此，李愬为了商量攻蔡州的谋略，更时时与李祐单独密谈。一直到三更半夜，还在咬着耳根说悄悄话，神秘兮兮。

其他将领看在眼中，真不是滋味。时间一久，谣言纷起，都说是李愬这小子没安好心眼，准备投降，李祐正是吴元济派来的间谍。

谣言愈传愈广，到了最后，李愬不能不担心皇上也误信谣言。他拉着李祐的手，流着眼泪道：“难道是老天爷不希望平定乱贼吗？为何你我相知之深，却无法敌过众口之言。”

然后，李愬转过头来，对着大家说：“诸君既然都认定李祐有嫌疑，那我就把他交给皇上去处理。”说着，派人把李祐押解到京师。

暗地里，李愬先秘密上了一个奏章给唐宪宗，说明将与李祐合袭蔡州的计划，而且郑重声明：“若杀祐，则无以成功。”

幸好唐宪宗是个明理的君主，立刻把李祐放回，送还给李愬。李愬高兴地捏紧李祐的手，长叹一声：“你能保全性命，真是国家社稷之福。”当晚，两人抵足睡眠，有人在帐外偷听，听不见谈话的内容，只闻李祐不断传出感激的哭泣声。

李愬雪夜入蔡州，选自《马骀画宝》。

不多时，李愬命令军队开拔，只知“往东行”，不知往何处。等到走了六十里，诸将前来请问，李愬才说：“入蔡州取吴元济。”大家相顾失色，惨叫一声：“完了，果然落入李祐奸计。”当时正是刮强风，下大雪，人冻僵了，马也冻死不少，天空一片乌云，连旌旗也一面面被刮裂了。从张柴村以下的道路，都是官军们从来没有走过的，人人都在心中打鼓，以为一定要死在这儿了；可是，由于惧怕李愬，又不敢提出退兵的要求。

走了七十里，前面有一座鹅鸭池。李愬下令丢石头，把一群鹅鸭吓得拍着翅膀，惊慌地叫嚷，这一叫嚷掩饰了李愬军队前进的声音。

在天亮之前，李愬的军队在李祐的引导下，终于到达蔡州城。蔡州的守兵都躲到室内避寒睡觉了，根本没发现唐兵已经进了城。不久，唐兵迅速活捉了所有蔡州的守兵，在蔡州城上换上了大唐帝国的旗帜，同时，唐兵包围了吴元济的住宅，准备生擒吴元济。

由于足足有三十年之久，唐朝官兵没有来过蔡州，所以吴元济手下毫不戒备。有人告诉吴元济："官军到了。"元济还在睡大觉，笑着说："这不过是牢中的俘虏出来捣蛋，明早把他杀了也就是了。"

又有人告诉吴元济："城陷了。"他还在说："这必是河曲子弟向我求寒衣。"等到吴元济明白是怎么一回事的时候，已经太晚了。

李愬能用降将，降将也乐于为他效死，因为他本着一颗真挚诚恳的心，感动了对方。如果他只是假惺惺，表一套，里一套，时间久了，就会露出破绽。虚心持己，坦诚待人，证之史实是不会错的。

唐宪宗喜食仙丹

在中国古代，当皇帝是件最过瘾的事，他手握无限权力，有享不尽的荣华富贵。但是皇帝还是有一件遗憾的事，人生百年，总是不免一死，要是可以长生不老，永远做皇帝，那该有多好？秦始皇、汉武帝曾经动过这个脑筋，历来的皇帝也常有找方士炼丹以求长生不死，譬如我们今天要讲的唐宪宗。

说起来，在唐朝中期的皇帝之中，唐宪宗算是一位英主。他曾讨伐叛逆，整饬（chì）纲纪。到了晚年，他最感兴趣的就是爱好神仙长生不老之术。

元和十三年（818 年），唐宪宗下诏征求天下方士。此时，鄂岳观察使李道古由于贪污事发，深恐获罪，于是献媚推荐山人柳泌，说是他能制长生不老之药。唐宪宗很开心，下诏柳泌居住在兴唐观炼药。

过了一个月，柳泌上书唐宪宗："天台山是神仙聚集之处，有许多灵草，臣虽然知道这件事，可惜无法采集仙草，十分可惜。要是我到那儿去当长史，就方便多了。"

唐宪宗急着服用长生不老之药，立刻把柳泌任命为台州刺史，并且赐服金紫（唐朝用朝服的颜色表示官位高低，金紫相当于三品官位）。谏官纷纷上奏，以为："皇上喜爱方术之士无妨，没有听说过用方士来治理人民的啊。"

"如果能够烦劳一州之力，使得人主得以长生不老，你们这些

方士炼丹，清闵贞绘。

臣子为什么不肯呢？”唐宪宗这么一说，没有一个臣子敢再开口。再说下去，好像臣子不但太小气，而且居心不良，竟然希望天子早死。

柳泌到了台州，驱使人民上山采药，折腾了一年多，没有炼出什么仙丹。心里十分害怕，举家逃入深山之中，躲了起来。

所谓丹药，成分多半是汞（gǒng）、铅、砒霜等化学物质，其实这是中国古代的科学。科学是要公诸于世，互相研究的。中国人认为祖传秘方，不能泄漏，彼此不能互切互磋，一点点化学萌芽的种子也研究不出什么道理。

汞是水银，是有毒的物质，不能多吃；铅也是一样；砒霜更是毒物。不过，如果少少食用一些，对身体没有什么大妨碍；尤其北方天寒地冻，京城西安相当冷冽，服用一点丹药加速血液循环倒是好事。然而皇帝多半身体虚弱，禁不起如此冬令进补，难免血压升高、心跳气急、气喘不停。

浙东观察使把柳泌从深山之中捉了出来，送到京师。李道古等人仍然保护柳泌，唐宪宗也依旧对柳泌有信心，让他待诏翰林。

唐宪宗吃多丹药，日渐暴躁、焦渴，脾气简直坏透了。起居舍人裴潾上书皇帝，以为："除天下之害的君主，受天下之利，同天下之乐的君主，享天下之福，从黄帝到文帝武帝，享国寿考，都是这个道理。从去年以来，有许多人推荐方士，数目繁多。假使天下真的有神仙，他一定隐藏在山谷之中，生怕被人们找着。凡是在权贵之门奔走，大言不惭，用奇特技术吸引群众者，都是心怀不轨的苟利之徒。"

唐宪宗看到这儿，眉头一皱，万分不悦。勉强打起精神再看下去，"……药物是用来治病的，岂是可以朝夕服用，何况金丹酷烈有毒，又容易生火气，恐非人之五脏六腑所能承受。古时君主饮药，必先命臣先尝之；我认为，应该让献药者，先行服用一年丹药，则真伪自可辨也。"

"胡说！"唐宪宗气得把奏章扭成一团，往地上一扔。拿起御笔，把裴潾贬为江陵令。

由于唐宪宗天天服用金丹，火气旺盛，首当其冲遭殃的当然是左右宦官。挨骂挨揍尚且不论，还一连好几个宦官，被盛怒之下的宪宗处死，因此人人自危。

过了没有多久，唐宪宗突然暴崩。当时的人都说是宦官陈弘志等人为了自卫，把唐宪宗杀了。然而宫闱隐密，兹事暧昧，而宫中传出的消息只说是皇帝药性发作，到底如何，外人无法知道。

然而，历来的史家都相信唐宪宗死于宦官之手的说法。因为唐朝的宦官权势膨胀，宪宗用宦官掌禁军，皇宫的安全既然被宦官掌握，也就无所不为了。特别是唐宪宗之后，唐穆宗仅在位四年。接着，唐敬宗即位，又发生一件事。

唐敬宗是个荒唐皇帝，贪图享受，狎昵群小，擅长于击球。这种运动，本书前面《唐玄宗六兄弟共枕同眠》之中，我们曾经介绍过。击球相当于英国人打马球，这是唐朝贵族最喜爱的野外

马球图，陕西省乾县章怀太子墓壁画，陕西省博物馆藏。

娱乐活动。

唐敬宗还喜欢角力，找了许多大力士来和他比划，他更有一种奇怪的娱乐，半夜三更起来捕抓狐狸，宦官都被折磨惨了。犯个小过，动辄（zhé）遭到一顿拳打脚踢，甚且处死。

宝历二年（826 年）冬天的一个夜晚，唐敬宗又雅兴大发，深夜之中起来狩猎。尽兴之后，返回皇宫，与宦官刘克明等人消夜饮酒。

喝得酒酣耳热，唐敬宗入室更换比较薄的外衣。忽然之间，殿上烛光乍灭，就在此时，刘克明等把唐敬宗给杀了。

古装片中常用明朝宦官锦衣卫为主角，大做文章。其实，明朝宦官固然可怕，还不敢杀皇帝；唐朝的宦官废君易帝，视同儿戏，还敢杀天子，才是真正可怕。

白居易写《长恨歌》

在李白、杜甫之后，唐朝最具影响力的诗人，应该算是白居易了。他生于杜甫死后的第三年。

白居易，字乐天，据说是秦朝大将白起的后代，书香门第，世代在朝为官。他从小就比别的小孩子聪明，当他生下才六七个月的时候，虽然还不会说话，但是已能认字。奶妈抱着他，走到屏风下面，指着“之”、“无（jì）”二字，白居易心中默认；以后大人每次考他，考了几百次，白居易都不会认错。

白居易五六岁的时候，开始学作诗；九岁之时，懂得作诗的声韵。十五六岁时，带着诗文去见当时最有名的文学家顾况。

顾况学问很好，为人却极傲慢。他看了“白居易”三个字，就笑着拿他的名字作文章，对他说：“长安物贵，居之不易。”意思是说，长安人才济济，想要出人头地，可不是一件简单的事。

等到顾况拜读白居易所写的《赋得古原草送别》之中有一句：“野火烧不尽，春风吹又生。”不禁翘起大拇指，夸一声：“高明，高明。”马上转口道：“有文如此，居亦何难。”而且大为开心道：“我本来以为文章之道已经断绝，现在可由你来继承。”白居易这首诗，经过顾况的推荐，立刻轰动京师。

白居易这次到了长安，看到京师的繁华，官冕的高昂，决定埋首准备功课投考进士。他昼夜苦读，一直读到“口舌成疮，手肘成胝（zhī）”，嘴唇舌头都长了疮，手肘也磨破生了厚茧。当白居易两三岁时，父亲病逝，生活陷入困境。虽然他祖父、父亲都在朝为官，然而清廉自守，毫无积蓄。他有四个兄弟，两个妹妹，有时竟然断炊。他母亲在这种状况之下，除了养育子女外，还亲自教他们读书，循循善诱，而且从来不呵斥不杖罚，真是一位伟大的中国典型慈母。

在唐德宗贞元十五年（799 年）时，白居易终于完成心愿，进士及第，担任秘书省校书郎。这段时期，白居易与王质夫等人相交颇深。王质夫等认为白居易才华出众，劝他以唐玄宗与杨贵妃为主题，作一首长诗，歌咏这一段缠绵悱恻的爱情故事。

于是白居易完成了这首千古传诵的伟大史诗，取名为《长恨歌》，因为最后一句是“天长地久有时尽，此恨绵绵无绝期”。这首诗把“在天愿做比翼鸟，在地愿做连理枝”刻画得太美了，此歌一出，风靡天下。不只童子歌女在唱，一般王公贵妇更是爱得要命。这首诗并且影响了日本文学。

白居易在这段时期之中，作品甚多。除了《长恨歌》外，还有许多精彩的乐府及杂诗。这些诗流入宫中，

七月七日长生殿，杨玉环与李隆基指月为誓：“在天愿做比翼鸟，在地愿做连理枝。”选自《吴友如画宝》。

唐宪宗看到了，十分欣赏，召入宫中不久，白居易参加制举（皇帝举行的考试）对策，以第二名及格，不久被任命为左拾遗。左拾遗是谏官，官阶不高，然而职位重要，杜甫也曾做过左拾遗。

《长恨歌》“侍儿扶起娇无力，始是新承恩泽时”诗意图，选自《芥子园画传》。

白居易是位忠君爱国的人，受此恩宠，他决定仗义执言，为国除奸，粉身碎骨以报国家。

唐宪宗曾经接受过白居易的上谏，免除江淮租税，救济人民流离之苦，同时释放宫中宫女等；然而，唐宪宗却不能接受白居易谏诤反对宦官吐突承璀（cuǐ）率军平定成德节度使叛乱。

唐朝为防止军将跋扈而有监军制度（监军就是监视军队，尤其要监视司令官），最初以御史监军，后来改用宦官监军。因为人们对于自己生活上常接近的人比较容易产生信赖心理，而宦官可以自由地出入宫禁，与皇帝接近的机会自然远较一般只能在殿堂朝谒皇帝的朝臣多，因此到了后来，改用宦官为监军。所以安史之乱时，堂堂大将郭子仪的顶头上司竟然是宦官鱼朝恩。

白居易来自乡间，深知宦官对国家危害之大，因此上谏宪宗："各个将领，必然不屑于隶属宦官指挥之下，心中不甘，岂能建立战功？"

可是，唐宪宗听不进去，白居易在天子面前还是不肯让步，这不是白居易不识好歹，而是中国读书人的历史责任感驱使他坚持："陛下错了！"这话一出，唐宪宗脸色大变，怒斥道："白居易是朕提拔的，所以他才斗胆不听从朕的旨意而坚持己见，朕已忍无可忍，非把他赶出朝廷不可。"

幸亏翰林学士李绛为白居易打圆场："由于陛下开放言论自由的路径，所以群臣才敢在陛下面前畅论政治得失。假如为这件事把白居易驱出朝廷，那等于是禁止臣子上谏，有损陛下盛德。"

唐宪宗当然还记得贞观之治魏徵上谏的古训，没有对付白居易。后来白居易为服母丧辞官，再入朝时，不再担任左拾遗，改为太子左赞善大夫。

这个时候，唐朝发生一件大事，宰相武元衡在大街上被杀（详见《裴度的毡帽》篇），震惊朝廷。白居易不假思索，立刻上书，建议请急捕贼，以雪国耻。

事实上，后来唐宪宗是采取强硬立场，用裴度全力讨伐吴元济。然而，白居易却因此而获罪，怎么会祸从天上来？

相逢何必曾相识

白居易在元和十年（815 年），宰相武元衡被盗匪刺杀之后，立刻上书皇帝，建议即时逮捕凶手以重国法，而且必须限期破案。

然而当时的宰相认为，这事与白居易无关。他不过是东宫官吏，并非谏官，竟然发言干涉朝廷，是一种越权行为，大大不以为然。

正好此时，又有许多白居易平日得罪的权贵将领也落井下石，乘机毁谤他。说他母亲因为看花坠井而死，他还做赏花诗及新井诗，有伤名教，这种不孝之人岂能在朝为官?

中国人最重伦理，伦理之首在孝，因此，抬出这不孝的罪名是很严重的。虽然，白居易事母极孝，念念不忘慈训，奈何欲加之罪，何患无辞?

于是，白居易就因为“言浮华、实无行、不可用”的罪名被宪宗外放为刺史。不料，中书舍人王涯又进言：“白居易这种不孝之人不可去治理州郡。”于是宪宗再把他左迁为江州司马。

白居易接到命令，百感交集，仓促动身，孤孑（jié）一人在恼人的八月，离开京师，挥别家人。

司马是一种闲官，唐朝以前称之为治中，是州郡的佐吏，不必按时上下班。江州附近名胜古迹很多，因此白居易得以到处游山玩水。

在白居易贬谪（zhé）江州第二年（元和十一年，816 年秋天），有一天，送一个客人到渡口，“闻船中夜弹琵琶者”，他十分好奇，

“寻声暗问弹者谁”，弄了半天，“千呼万唤始出来，犹抱琵琶半遮面”；原来是一个女子，用琵琶遮住脸，显得格外神秘，于是大伙请她弹一曲，她的“大弦嘈嘈如急雨，小弦切切如私语，嘈嘈切切错杂弹，大珠小珠落玉盘……”，白居易这几句形容得真好，把声音写活了，因为他本人也是一个妙解音律者。

原来弹琵琶者是个年老色衰的娼妇，“门前冷落车马稀，老大嫁作商人妇，商人重利轻别离”；白居易不免慨叹“同是天涯沦落人，相逢何必曾相识”。白居易想到自己一片耿耿忠心，落得卧病他乡，与琵琶女的漂泊憔悴，又有何异？将心比心，难怪“座中泣下谁最多，江州司马青衫湿”，青衫是唐朝职位低的官员所穿的衣服。

《琵琶行》诗意图，中国古版画。

这首《琵琶行》，与《长恨歌》一般，千古传诵，每一句都像是一幅美丽的情景。在白居易生时，已传遍天下，连胡儿都会歌唱，真正是中国古典诗中不可多得的杰作。

元和十五年（820年），白居易奉召回京，召为司门员外郎。他好高兴啊，此后又可以成为皇帝的近臣，又可以满足读书人为天下百姓服务之壮志。所以他还是“重蹈覆辙”，还是知无不言，言无不尽。唐宪宗是还算不错的皇帝，可惜宪宗之后的穆宗，是年幼无知的君主，对忠臣采取傲慢的态度。长庆二年（822 年），牛李党争日渐激烈（牛李党争的故事，我们以后会详细说明）。白居易眼见朝政日非，臣子互相攻讦（jié），宦官又猖狂，实在看不下去。天子既不能用，他遂请外放，担任杭州刺史。

杭州是中国风景最美的地方，尤其是西湖，人们比之为西施。然而西湖在六朝之前，并不太出名，为什么到了唐宋就特别美丽？第一位大功臣就是白居易。他滨湖筑堤，更沿堤植柳，满湖种莲，把西湖打扮得清雅秀丽，娇艳迷人。

不过，白居易修西湖主要并非是为了景色美丽，而是为的蓄水灌田，给予人们极大的福利。白居易在杭州做了一年多便以病辞职。有一回，他见到两个乐师，在寒冬之中只穿着单衣，瑟瑟发抖，于心不忍，马上为自己“重衣复衾有余温”而心感不安，做了两件皮衣送给两位乐师。当他二人向白居易道谢时，他作了一首诗：“如此小惠何足论，我有大裘君未

白居易，佚名绘。

见……”他这种心怀与杜甫“安得广厦千万间，大庇天下寒士俱欢颜”是一样的。

白居易离开杭州的时候，杭州人民纷纷提着酒来送他，许多人更难过得放声大哭。他在《别州民》诗中写道：“税重多贫户，农饥足旱田，惟留一湖水，与汝救凶年。”他自认为做得不够好，只为人民留下一片湖水，可是这一湖水，不但给杭州人民带来了万世的福利，也为中国建造了最美的风景。

离开杭州之后，白居易又做过秘书监、刑部侍郎等官职。眼看当时的皇帝敬宗、文宗个个庸碌无能，他随着年龄的增长，加上对时局的失望，到了晚年，逐渐转变为高人隐士的生活。

白居易与他弟弟白行简、堂弟白敏中感情很好。他们时常一块儿寄情于琴书山水，饮酒赋诗，自号为“醉吟先生”。晚年常与香山寺庙里的和尚相来往，又自号“香山居士”，时常一个月不进荤腥。

白居易的诗都相当浅白，世传他每写一首诗就要念给一位老太婆听，老太婆听懂他才写下来，否则就一再删改。到了晚年，他把自己的作品，缮写为五部，亲自编排校正，一共有三千八百四十首，可说是唐朝作品最为丰富的作家。

总而言之，白居易用他那浅显的文字、活泼的描写、和谐的音律，使他每一首诗都脍（kuài）炙人口。当我们读到“同是天涯沦落人，相逢何必曾相识”，不能不佩服他的才华，足可惊天地而泣鬼神了。

元稹与《莺莺传》

说起《西厢记》，以及书中的主角张君瑞、崔莺莺与红娘，几乎每个中国人都知道这段悲欢离合的爱情故事。《西厢记》是元朝王实甫根据元稹（zhěn）所写《莺莺传》改编的杂剧。下面我们就要介绍元稹的故事。

元稹，字微之，河南人，生于唐代宗大历年间。一般相信，这一段浪漫恋爱故事的男主角——张生，就是元稹自己；当然任何一个文学家所描述的情节，多多少少都有作者本人的经验，至少，莺莺的一段故事，在正史中没有记载。

《莺莺传》中一开头叙述，贞元年间，有个书生叫张生，性情温和，英俊潇洒。借住在普救寺之中，刚好有崔氏母女也住在这间庙里。

崔家的老太爷过世了，崔氏母女要把灵柩（jiù）运回长安。这时，有军人叛乱，觊觎（jì yú）崔家财产，幸亏张生与地方上的将领是好朋友，派兵来保护普救寺。崔老夫人十分感激，叫出小女崔莺莺拜见。

崔莺莺娇美艳丽，光辉动人，张生看得呆住了……以后发展出一段风流韵事。由于其中穿针引线的婢女名唤红娘，因此后代把媒人称为红娘。同时崔莺莺那种弱不胜衣、多愁善感、自哀自怨的美女，就成为中国小说中女主角的典型造型。

从《莺莺传》（又名《会真记》）写张生与莺莺的故事，我们可

《西厢记》主人公张君瑞、莺莺、红娘，清代年画。

以发现，唐朝人不但衣着大胆，风气也是相当开放，与宋朝之后大不相同。

元稹八岁丧父，由他母亲郑氏抚养长大。由于家中清贫，无法上学读书，由母亲亲自教导，可见郑氏颇有才学。元稹十五岁考取明经科，二十四岁被任命为秘书省校书郎。元和元年（806年），改任为左拾遗。

青年时代的元稹锋芒毕露，才气纵横，既然做了左拾遗，当然不屑于庸庸碌碌素餐尸位。因此新官上任第一天，立刻上书论谏官之职责。此外他又建议东宫太子的老师，应该选择正人君子。

接着，元稹上书论西北军事，此乃国家边政大事。唐宪宗看了他的上书，十分欣赏，特别单独召见，询问方略。此举易引起朝臣嫉恨，在宪宗面前进谗言，元稹被外放为河南县尉。同年，元稹的母亲过世，他辞官服丧，丧期届满之后，拜为监察御史。

虽然经过这次教训，元稹仍然忠实地执行监察御史的职责。元和四年（809年），河南尹房式做了许多不法之事，元稹下令停止房式职务，然后才飞马奏报朝廷。这样处置过于专断，因此，朝廷只罚房式减俸一个月，却召元稹回京。

元稹还京之际，投宿在敷（fū）水驿中。当天稍晚，宦官刘士元也来到了驿站，嚷着要住上厅，也就是驿站之中最好的房子。

驿站的管理员禀告刘士元，上厅已为元稹所住。刘士元大怒，一脚踢开上厅的大门，元稹光着脚丫子逃到后面。刘士元作威作福惯了，拿着鞭子，对着元稹的脸猛抽。

结果，朝廷认为元稹以一个青年后辈，竟然胆敢与上官拒抗，在元和五年（810 年）把元稹降为江陵府士曹参军。在前面，我们已一再提到唐朝的宦官之祸，所以，元稹惨遭侮辱一点儿也不奇怪。

当元稹被贬为江陵士曹之时，他的好朋友白居易并不知道。两人在街上骑马相遇，无限感慨。白居易为了元稹这件不白之冤，曾经三次上奏章，表示“今中官（即宦官）有罪，未见处置，御史无过，却先贬官，远近闻名，有损圣德……”

元稹，选自《历代名臣像解》。

问题是皇帝宠信宦官，他可不认为有损圣德。在古代君主专制之时，君威难测，白居易如此顶撞皇帝，极可能因而获罪；但是他为了朋友之义，奋不顾身。

白居易与元稹相识，是在贞元十九年（803 年），他们同时参加制举拔萃（cuì）科及第，并且同授校书郎。两人一见如故，“有月多同赏，无杯不共持……何处不相随”。一同赏月，一同饮酒，一同弹琴，一同读书，形影相随。

他二人如此投契，除了都是翩翩青年，都是才华高、诗文好的青年才俊，更因为虽然都是在官场上位居要津，却是自贫苦环境奋斗出来的。（白居易的幼年见《白居易写〈长恨歌〉》篇。）

由于此二人尝过贫穷的滋味，都由寡母抚养长大，踏入政坛之后，眼见政局衰败，不约而同有悲天悯人、救世济民思想涌上心头。他们希望文学不只是唯美的艺术，更能积极改造人们的生活。他们各自写了许多描写民间疾苦的讽喻诗，世人把元稹、白居易合称为元白。

元白同时享誉诗坛，才情相若。按照中国人的说法应是文人相轻，但是元白却是文人相重，两人比手足还亲。白居易贫困时，元稹会寄钱给他，元稹病了，白居易立刻寄药过去。

他们在一起的时候，快乐得要命，吟诗联句，饮酒下棋；别离之后，依然隔地吟诗唱和。当白居易守杭州，元稹守越州之时，两州毗（pí）邻，两人经常以竹筒寄诗，传为美谈。

元白二人能够欣赏对方的长处，互相激励，彼此扶持，才能享受友谊之芬芳。

牛李党争

说起牛李党争，大家都很熟悉，因为这是唐朝极为重要的一件大事。然而，牛李党争究竟是怎么一回事？他们到底争的是什么？却很少人清楚。

唐宪宗元和四年（809 年），举行制举对策。制举是皇帝亲自举行的考试。其中，牛僧孺、李宗闵（mǐn）等人都在试卷之中讥讽朝政，批评得相当严苛，毫不留情。

唐宪宗看到这几份卷子十分欣赏，立刻下诏中书省“找个好位置安插”。卷子流出之后，首席宰相李吉甫立刻脸色大变，认为卷子中是在嘲讽他。

唐代卷子没有弥封，不但如此，还要参考平常作业（在前面《王维巧扮乐工》之中，王维曾把家庭作业献给公主，平常成绩称之为温卷），因此一份好的试卷一出，众人传观。我们在今天看到许多唐朝流传下来的好文章，许多都是在试场之中写的。

既然卷子没有密封，李吉甫当然知道牛僧孺、李宗闵这几个小子与他作对。一口气实在难忍，曾经向唐宪宗哭诉，也不得要领。

李吉甫的儿子名叫李德裕，对这件事耿耿于怀，父仇子报。在穆宗朝时，穆宗颇为看重李德裕，李德裕就想办法把李宗闵贬为远州刺史。李宗闵当然也非常愤怒，也结成一党攻击李德裕。

由于牛（牛僧孺）、李（李德裕）两人在朝中都有名望，都有入相的机会，双方各自树党，互相排挤，彼此攻讦（jié），成为朝中两大派系，史称为牛李党争。

牛僧孺所代表的一派大半是进士出身，或者已败落的世家大族，比较放荡不羁，以文采华丽落拓（tuò）著称。譬如以写“十年一觉扬州梦，赢得青楼薄幸名”的杜牧就是牛派的。他们多半是属于唐高宗武后以来，由进士科出身的新兴统治阶级。

李德裕所代表的，大半是世族出身，主张以经学为正宗，比较注重传统礼教。在唐朝，世家大族已丧失魏晋南北朝时代的优越与显赫，然而，关东世族的优美门风与家学仍然保持着。当然，李党中也有不少进士。

李德裕本人相当以门第为傲，他颇看不起以进士出身的士大夫。他曾经说过：“朝廷的显赫官吏，必须是公卿子弟，为什么呢？因为他们自小耳濡目染，熟悉朝廷台阁仪范、颁行准则，不教自成。寒士中纵有杰出人才，登第后，还是要从头教起。”可见得，他是怎样地看不起进士科出身的寒士。

进士科出身的士大夫，因为没有家族关系，所以格外团结。他们互相推崇，尊称先登第者为前辈，同一年登第者为同年，称主考官为座主，大家都是座主门生。因为他们出身相同，政治地位也相同，利害关系又一致，所以能结为一体。

牛李两党并非现代政党，也没有党纲与政见，只是私人利害相结合。不过，有一点倒是壁垒分明：对于处理藩镇问题，李党主张镇压、讨伐，牛党主张妥协、安抚。对于边疆外族问题，李党主张攻击、接纳降将，牛党主张送还降将、退让和平。

牛李党争的时代，任何在朝中居于高位者，不是牛党，就是李党。不过，两党之争究竟还算是君子之争，并没有像东汉党锢（gù）之祸一样，非要赶尽杀绝不可。只是牛党得势，李党的人只好出任地方官，等到李党得势，李党的人又成为京官而已。所以，他们争的是中央的执政大权。

唐文宗大和三年（829 年），牛派的李宗闵做了宰相，第二年牛僧孺也做了宰相。于是，李党的李德裕被排挤在朝堂之外，出任西川节度使。

大和三年（829 年）九月，吐蕃维州守将悉怛（dá）谋请降。维州地势险要，北望陇山，积雪如玉，东望成都，若在井底；一面孤峰，三面临江，是西蜀控制吐蕃的要地，吐蕃称维州为“无夏城”。

维州守将竟然要以城降，担任西川节度使的李德裕高兴极了，立刻具奏其状，并且说：“将可派遣三千生羌，烧十三桥，击败西戎腹心，一雪我大唐帝国之耻。”

这份报告送到京师，唐文宗召集百官商议，宰相牛僧孺反对接受悉怛（dá）谋投降。牛党向来是主和的，牛僧孺持的理由是：“吐蕃之境，失一维州，不能损害其势力。最近我们与吐蕃修好，约罢戎兵，中国御戎，守信为上，吐蕃如果来质问，我们如何回答？这是一个匹夫都知道不能答应的事，何况是天子？”

吐蕃赞普礼佛图，甘肃省敦煌市莫高窟唐代壁画。图中为唐代吐蕃人形象。

唐文宗想想，觉得牛僧孺的话也不无道理，也不敢得罪吐蕃。于是下诏，命令李德裕把到手的维城交回去，吐蕃降将悉怛谋及其随从也一并送回去。

李德裕当然万分不情愿，但是圣旨难违，只有照办。结果悉怛谋一行在边界上就地被吐蕃处死了，而且死得相当惨，使得吐蕃一带人民对唐朝大为不满。

由于朝廷上下都认为此举使亲者痛仇者快，所以不久牛僧孺被外放为淮南节度使，换了李德裕为相。总之，牛李党争自穆宗长庆元年（821 年）到懿宗咸通元年（860 年），整整四十年间，像走马灯一般，轮流换将，不过是意气之争而已。然而，事实上影响朝政不大，因为此时政治上的主角是宦官，这些牛党李党不过是宦官手中的木偶一般。因此史学家陈寅恪说，牛李二党都只是二流角色而已，中央政府中最有权势的人物还是宦官。

唐文宗与宋申锡

在《唐宪宗喜食仙丹》之中，我们说过，唐宪宗晚年好服金丹，脾气暴躁，左右服侍的宦官往往因而获罪。因此，宦官订下计谋害死宪宗，共拥穆宗为帝。

唐穆宗在位仅仅四年，又因为饵药而死。敬宗即位，并不因为宪宗被宦官所害而知警惕，反而更加宠信宦官。

有一回，鄠（hù）县令崔发听到外面有喧哗嚷嚣之声，觉得十分奇怪，一问之下，原来是五坊小儿在迫害百姓（五坊小儿的故事本书前面说过）。崔发十分生气，立刻派人把滋事者拖了进来，在庭中问话。一问之下，才知道是宦官。

唐敬宗知道这件事，认为崔发对他派出去的宦官不礼貌，等于是藐视皇帝，下令把崔发关了起来。

正巧第二天，皇帝颁布了大赦的命令，一批一批犯人都被放出了监狱，只有崔发仍被扣留在狱中。忽然，从外面冲进来几十个宦官，拿着木棍，对准崔发的脸，一棍一棍地打下去，直打得崔发脸也破了，牙齿也掉了，昏了过去。这些宦官似乎满足了，大摇大摆地走了。

监狱的管理员用席子把崔发的脸遮住，不久，又来了一批宦官，手执皮鞭，大声叫嚷要打崔发。狱卒指着躺在地上的崔发，宦官们一看，崔发的头已覆盖着草席，以为崔发已死，便悻（xìng）悻然地离去。其实，崔发只是昏了过去，由于狱卒一丝善念，使崔

唐代文官俑，陕西省西安市唐墓出土。

发免于被宦官活活打死。

由此可知，一个人可以犯国法，不可以得罪宦官，犯了国法，不过依法审判，遇上大赦，还可以减刑；可是，得罪宦官将受到私刑凌辱，纵有大赦，也不能享受皇恩，于是，一般臣民怎能不畏惧宦官呢？

宝历二年（826年）十二月，唐敬宗因为游乐无度，狎昵小人，对宦官动辄捶挞（tà），引起宦官的恐惧与不满，而为宦官刘克明等人所杀。

唐敬宗死了以后，宦官王守澄、梁守谦等人共同拥立文宗为帝。可见得在唐朝弑君、立君，任由宦官，君臣都不敢声讨。

唐文宗即位以后，深深以宪宗、敬宗死于宦官之手而愤怒。可是，杀害这两位君主的余党，还遍布宫中，尤其新起的宦官王守澄，特别地跋扈。

唐文宗大和二年（828年），举行策试，要考生申论对时事的看法，其中有一名叫刘蕡（fén）的，写了一篇极为激烈又精彩的答卷，力言务必消除宦官，否则“社稷将危，天下将倾，海内将乱……”

三位主考官看了都点头称是，可是因为不敢得罪宦官，没有录取刘蕡。

刘蕡虽然落第，他所指斥宦官之论，却引起了唐文宗去除宦官之念头。可是宦官的力量甚大，杀害宪宗、敬宗的宦官还有不少余党在宫中。王守澄尤其专横，招揽权势、受纳财货，文宗根本无法制御。

大和五年（831 年）中，唐文宗找了一个机会，秘密与翰林学士宋申锡谈到除宦官之事。宋申锡建议唐文宗慢慢除掉身边的威胁。唐文宗见宋申锡沉稳厚重，忠诚敬谨，觉得是可以倚靠的人才，拔擢他为尚书左丞；过了一个月，再提升为同平章事（宰相）。

要除宦官，得先联络志同道合的。宋申锡用密旨引吏部侍郎王璠为京兆尹；不料，王璠竟然出卖了宋申锡，把机密泄漏给宦官王守澄。

王守澄知道这件事，决定先下手为强。他诬告宋申锡有意拥漳王为皇帝，漳王是当时以才学著称的一个王。

唐文宗一听之下，龙颜大怒。王守澄见计得逞，马上自告奋勇，要求带两百骑兵到宋申锡家中杀个精光。

飞龙使马存亮在地下叩了一个响头道："如此，则京城大乱，应该召集其他宰相，共同商议其事。"

第二天，刚好是休假日，唐文宗派遣宦官去一个一个通知宰相开会（唐朝是多相制）。宋申锡听说开会，也到了中书东门，宦官对宋申锡说："皇帝所召之中，无宋公名。"

宋申锡心中有数，知道出事了。望着延英殿，用笏不断击着脑袋，垂头丧气走了回去。

宰相们到了延英殿，唐文宗提出王守澄所举宋申锡的罪状。大家都惊愕万分，不敢相信，明明知道是宦官搞鬼，却没有人敢为宋申锡喊冤。于是，文宗贬宋为右庶子。

唐文宗愈想愈气，准备把宋申锡处死，左常侍崔玄亮趴在地上为宋申锡求情："杀一匹夫，还不能不慎重，何况他是宰相啊！"这么一说，文宗稍稍冷静，沉着脸道："我再找宰相商量。"

宰相牛僧孺来了，婉转地对唐文宗说："作为一个臣子，最显贵的官职，不过是宰相。假如宋申锡真有逆谋，他拥立漳王为帝之后，也不过当个宰相，他为什么要做这种事呢？"

其实，这是再明显不过的道理。宦官惟恐文宗清醒过来，由王守澄出面建议，不杀宋申锡，改为贬开州司马。没多久，宋申锡死在任上。

到了开成元年（836 年），李石上言文宗："宋申锡忠直，为谗人所诬，窜死异乡，冤屈到现在还没有昭雪。"

唐文宗低下头，沉思了半天，然后开始哭泣："这件事，朕早知道自己错了，差一点我的兄弟（指漳王）也不能保全，这都是因为朕不明也。"于是下诏恢复宋申锡的官爵，并且任用其子宋慎微为成固尉。

唐文宗之所以会这么糊涂，一方面是古代皇位不容人觊觎（jì yú），心中害怕所致；另外一方面，朝代末期之子孙，从小生长在深宫内苑，没有历练，难免容易受蒙蔽。

郑注依附宦官

在上篇《唐文宗与宋申锡》之中，我们说到，唐文宗与宰相宋申锡合谋翦（jiǎn）除宦官。结果，机密外泄，宦官先诬告宋申锡谋逆。文宗不察，远贬宋申锡；事后，后悔不已。

经过这次事件以后，宦官们认为，让朝臣与皇帝经常接触，总不是一件好事。可是，又不能禁止君臣往来啊。最好的办法是由宦官们自己挑选臣子，比较安全。

在宋申锡事情过去之后，宦官益加张狂。唐文宗表面上包容宦官，内心相当痛苦。因此有史家形容为“皇帝居宫中，就像是模范监狱中的罪囚”。

唐文宗这个罪囚，就在宦官为他找来的两个臣子——李训与郑注之前吐露了内心的难堪。李训是唐文宗的伴读（陪伴天子读书，为天子讲解之谓），不能说是皇上的老师。李训与宦官走得很近，所以宦官对他十分放心。

另外一个人就叫郑注，宦官对他是深信不疑，为什么呢？这是有道理的……

郑注是如何发迹的？其中有一段故事：郑注这人长得瘦瘦小小，其貌不扬。看人的时候，眼睛自下往上翻，贼眉贼眼，猥猥琐琐。可是他有一个本事，谲（jué）诈灵巧，最会揣摩人意，马屁工夫是一流的。因为家中很穷，遂以行医当郎中游行天下。

郑注的医术不错。穆宗长庆三年（823年），徐州牙将很欣赏他，把他推荐给节度使李愬（sù）。李愬服了几帖郑注的药，果然很灵验，于是非常宠信郑注，而且派给他一个牙推的官职，渐渐参与军政。

郑注是小人得志，作威作福，军队里上上下下都讨厌他。在唐朝，我们前面提过，派了不少宦官在军队监视，所以徐州的监军王守澄告诉李愬，要他把郑注赶走。

李愬不敢违抗宦官的意旨，不过他对王守澄说："郑注这个人，虽然有些小毛病，不失为一个奇才，你不妨与他谈一谈。假如认为他一无可取，那么，再叫他走也不迟。"

王守澄面有难色，不怎么愿意。可是，李愬已经把郑注找来了，只有勉勉强强敷衍几句。

谁知郑注果真是个奇才。坐下来没有多久，不但王守澄脸上的冰霜融化了，而且笑声朗朗，把郑注请入中堂，促膝谈心，大有相见恨晚之叹。

这一夜，王守澄与郑注聊到三更半夜。第二天，王守澄眉开眼笑对李愬说："郑生诚如公所言，是个人才。"不但不再坚持赶他走，而且把他升为巡官。

不久之后，唐穆宗生了重病，军国大事被宦官王守澄控制，郑注就成为王守澄的心腹。无论日夜，不需通报就可直接进入密室与王守澄相谈，而且经常一谈就是整个通宵。郑注的地位一天比一天高。

有一位工部尚书郑权，颇为好色，家中蓄有许多姬妾。然而薪俸少，养不起这许多姨太太，遂找郑注想办法。果然，不久升为岭南节度使。

等到唐文宗当了皇帝，很讨厌郑注依赖宦官王守澄之势，狐假虎威。在文宗大和七年（833 年），侍御史李款阁（gé）上了一个奏章弹劾郑注，说他贪污纳贿，昼伏夜行，人们敢怒不敢言，只是在道路上碰到时，狠狠地瞪着郑注，表示内心之不满。

这个奏章上了之后，十天之中，各地上了数十个奏章都是讲同一回事，王守澄为袒护郑注，把这些奏章都偷偷藏了起来。

左将军李弘楚看不过去，对左军中尉韦元素（也是宦官）道：“郑注奸滑无双，如果不去除他，必为国家大患。我现在假说中尉你有病，请他来医治。等你一抬眼，我就把他拉出去杀了。然后中尉再向皇帝请罪，皇帝绝不会因为你除奸判你罪的。”

韦元素满口答应，便以生病为名，召郑注前来。

郑注到了之后，像老鼠一般谦卑地趴在床前，然后一大堆甜言蜜语像喷泉一般涌出。把韦元素听得昏昏陶陶，不自觉用手握住郑注的手，两人互通款曲。

韦元素陶醉在郑注的马屁攻势之中，浑然忘倦。李弘楚一直在等韦元素暗示，把郑注拖出去宰了。韦元素这下子哪舍得，拉着郑注的手，听他的恭维阿谀，快乐极了。最后，搬出许多金帛厚赐郑注，而且要他以后常常来玩，把李弘楚气坏了，又无可奈何。

过了不久，唐文宗生了重病，病到不能开口，王守澄推荐郑注去看病。文宗服了几帖药，病况大为减轻，又见郑注乖巧，能言善道，专拣好听的说，连皇帝也对郑注有好感了。

于是，文宗便把自己受制于宦官之苦，一五一十告诉郑注，郑注与李训遂订下除宦官之大计。

李训、郑注为文宗订下除宦官之计会成功吗？

甘露之变

在上篇《郑注依附宦官》之中，我们说到，唐文宗与宰相宋申锡密谋除宦官失败，痛苦万状。宦官担心文宗再与朝臣合谋，于是，宦官选择与宦官走得近的郑注、李训与文宗交往，以为这样就万无一失了……

由于郑注、李训都是被宦官提拔的，宦官比较放心。唐文宗却把心事告诉他二人，并且托以大事。提拔郑注的宦官王守澄，自唐穆宗元和时代即掌大权，到文宗时代已为大阉之一；李训等决定用另一派宦官仇（qiú）士良的力量去掉王守澄。

李训首先设计以宦官仇士良为左军中尉，负责统率中央的禁卫军，分王守澄的大权。王守澄极为不悦，唐文宗即以此逼王守澄服毒，死后秘不发丧。等到死讯传开，仍然追赠其为扬州大都督。

李训等人把王守澄去除之后，威势大盛。李训想要再除仇士良，于是发生唐朝历史之中有名的“甘露之变”。

唐朝宦官权势太大，内内外外都由宦官一把抓，李训等人要除宦官，必得预先妥为布置。所谓除宦官，不是要把皇宫之中大大小小的宦官都杀光，只是去掉最为恶毒的大宦官罢了。

唐文宗先布置了大理卿郭行余为邠（bīn）宁节度使，太府卿韩约为左金吾卫大将军……因为宫中禁军也抓在宦官手中，李训便以王璠（fán）、郭行余要出镇太原、邠宁为名，招募壮士为部曲，集合武力应变。

这件计划的要角是左金吾卫大将军韩约，左右金吾卫是皇宫的卫队。他们准备在金吾左仗（左右仗是金吾卫士的办公厅）之中，执行这件大事。

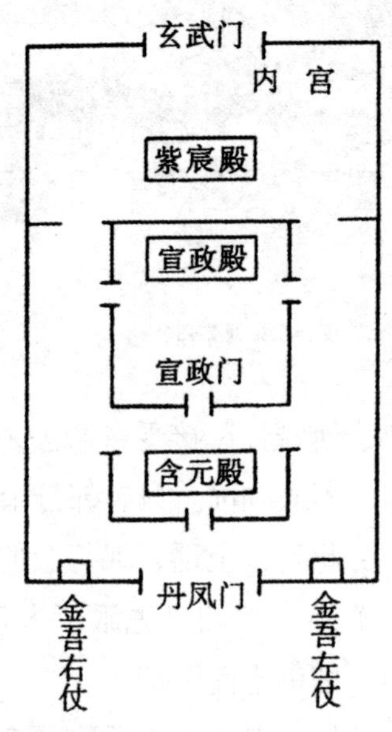

于是，按照预定计谋，在大和九年（835 年）十一月中，有一天，唐文宗在紫宸殿上朝（参照篇后大明宫示意图。唐代皇帝都住在大明宫，大明宫宫殿早已不存在，这是据宋人吕大防所绘《长安图》的石碑残片所画出大明宫的示意图），当文武百官都各依班次，站立已定，这时依例由左金吾卫大将军报告：“左右厢内外平安。”可是今天，韩约没有报平安，他在地上叩了一个响头：“左金吾厅后面的石榴树昨天晚上降了甘露，臣递门奏讫（qì）。”

古代传说，甘露是一种吉祥之物（古人称太平，则天降甘露），却没人看过甘露的形状。韩约上奏之后，宰相文武百官一并祝贺。

这时，按照预先排演的台词，李训等人建议大家去参观一下。于是文武百官都到了前面的含元殿。唐文宗也坐在软轿上，由宦官抬到了含元殿，其目的是接近金吾左仗，好看甘露。

到了含元殿之后，唐文宗先派李训与两省官去看甘露。过了老半天，李训等人才回来。李训奏曰：“臣与众人查验的结果，恐怕不是真甘露，不能马上宣布，惟恐天下称贺。”

然后，唐文宗再继续演戏：“噢，是这样的吗？”然后派仇士良、鱼志弘去查个究竟。

好，这下含元殿中之宦官走了。李训召来郭行余、王璠等：

唐代宫殿含元殿想象图。

“来受敕旨。”接受皇帝去杀宦官之命令，王璠吓得两条大腿直打哆嗦，不敢向前。只有郭行余一人领旨。

此时，王璠、郭行余的部下已拿着兵器守在丹凤门（皇城的大门）外。李训已先派了人带他们入宫，准备在金吾左仗的树林之中，把仇士良干掉。

仇士良大摇大摆到了金吾左仗，抬头看石榴树，没见到什么甘露，却见韩约的脸色通红，汗如雨下。觉得好奇怪，忍不住问道：“将军怎么了？”

忽然之间，一阵微风吹过，只见人影幢幢，而且听到兵器互相摩擦的声音。仇士良十分机伶，转身就跑，金吾左仗卫赶快把门关起来。仇士良大声一吼，由于军士们平常怕宦官怕惯了，竟然吓得不敢关门。

仇士良一口气跑到了含元殿。李训见到仇士良活着跑回来，知道事情坏了，大声呼叫金吾卫士：“来来，来的人赏钱百缗。”

宦官也要抢皇帝，把软轿抬来，对唐文宗说：“这儿情况危急，请陛下回内宫。”

宦官抬起文宗的软轿，突破含元殿后的屏风，一直往里面奔。李训着急地喊：“臣奏事未完毕，陛下不可入宫。”

在这个当口，郭行余的部下已自丹凤门冲了进来，与宦官展开一场厮杀，而唐文宗就被一直抬到了宣政门。一进门之后，宦官赶快把大门关上，所有宦官齐呼万岁。在这场拔河大赛之中，宦官大获全胜，李训、郑注先后被杀，朝中大臣波及者更多。

“甘露之变”宦官大获全胜，唐文宗以后的日子就更难过了。这一方面固然是宦官跋扈，另一方面这些朝代末期的君主也实在差劲，不但体力差，而且胆子小。其实，天子还是有天子的威严在，如果他跳下软轿，如果他大叫一声下御旨，宦官还是会怕的。

十年一觉扬州梦

在唐朝晚年出了一位大诗人杜牧，他的诗辞藻华丽，色彩鲜明，而且风流香艳。人们称之为小杜，以别于大杜——杜甫。

杜牧，字牧之，生于唐德宗贞元十九年（803 年）。他的祖父杜佑，做过唐朝的宰相，精通历代典章制度，曾经著有历史上著名的《通典》一书。

杜牧家学渊源，自小才气逼人。当时的大臣吴武陵十分器重他，向主司侍郎崔郾（yǎn）推荐，谓杜牧有王佐之才。崔郾不相信，等到看过杜牧的《阿房宫赋》，大为赞赏。

原来在唐敬宗宝历元年（825 年），杜牧不过二十三岁。朝廷为了扩充宫室，大动土木，其壮丽豪侈，不下于秦始皇的阿房宫，而且唐敬宗广征天下美女，弄得人们怨声载道。杜牧担心重蹈秦朝修阿房宫之覆辙，作了一篇《阿房宫赋》。

这篇赋一开头“六王毕，四海一，蜀山兀，阿房出”（六国覆灭，天下统一，蜀山的树木砍光了，阿房宫也出现了），短短几句话就气魄万千，道出阿房宫的雄伟。

然后，一路下来，他把阿房宫的宫殿楼阁，回廊复道，美女珍奇，描写得历历如画。最后：“戍卒叫，函谷举，楚人一炬，可怜焦土。”（防守边境的卒兵一声叫喊，函谷关就陷落了。楚国人的一把火，可怜啊，阿房宫就成为一片焦土了。）

这篇《阿房宫赋》千口传诵，崔郾看了不禁惊叫“好文章”。

可是他听说杜牧私行不检，品德不佳，因此不肯给他状头（唐朝进士科第一名称为“状头”），只给了他第五名。这一年，杜牧二十四岁。

当牛僧孺为淮南节度使之时，请杜牧担任淮南节度推官，掌书记，也就是当秘书。杜牧少有大志，对自己的抱负，颇有不可一世之概。因此，屈居牛僧孺之下，没有实权，心中郁郁不得志，遂寄情于风月之中。

唐朝的扬州，繁华富庶，商业发达，往来商旅络绎不绝，酒楼茶肆到处林立，是一个闻名中外的游乐中心。唐代的贵族与文人墨客，往往以去妓院为风流韵事。

当时妓女可分为三种：公妓、私妓、家妓。公妓是政府特设，用来娱乐皇室、高官与军人的。家妓是皇亲国戚、公卿百官及骚人墨客在家中豢（huàn）养的妓女。

其中，私妓多半集中在长安城中的平康里，因为地近北门，又称之为北里。北里的妓馆，是政府允许设立的私家妓馆。

唐朝的妓女文化程度很高，其中不乏官宦之后，名门闺秀。有的因为家庭变故，有的因为获罪官家，不得已落入风尘。她们会唱歌、会跳舞、会吟诗下棋，可说得上是才貌双全。事实上，唐朝许多名妓之所以走红，不是因为色，而是因为艺。

这套风气，传到日本，成为日本的艺妓。有许多人到了日本艺妓馆，发现艺妓浓着一张死白的脸，又老又丑，难看得很，不禁大吃一惊。其实这不奇怪，因为艺妓以艺取胜。

在唐代，许多新当选的进士中了头彩之后，第一件事就是栽进平康里之中，逍遥三天三夜。许多到长安来考进士的人，往往也先住进妓馆；如果作了好诗，由妓女先唱出，唐朝人人爱诗，往往可以传到宫中。

由于唐朝妓女懂得欣赏诗，可以与诗人互相酬答，可见她们不

红衣舞女，唐垂拱元年（683 年），陕西西安唐墓出土，中国历史博物馆藏。

乏才貌双全的，难怪多少进士新贵、文人墨客流连忘返。更何况，唐朝人本来就比较开放大胆。

杜牧一表人才，英俊又潇洒，而且才气纵横。这么一个风流才子，当然把妓女迷得死去活来，青楼歌妓中不晓得有多少倾倒在“杜书记”之下。

前面《牛李党争》之中，我们说过，牛党比较洒脱，不拘小节。因此牛僧孺知道杜牧有此雅好，也没有责备他，只是派了三十个健卒，轮流便衣暗中保护杜牧。杜牧生性潇洒，根本不知道有这么一回事。

杜牧在大和九年（835 年）升了官，由节度使书记升为监察御史。他虽然对扬州恋恋不舍，却也不能不忍痛而去。

此时，杜牧正迷恋上一对妓院的姊妹花，实在舍不得离开。当他辞行之时饮到微醉，诗兴大发，当下写了两首脍炙人口的诗，其中第二首是——

多情却似总无情，惟觉樽前笑不成；
蜡烛有心还惜别，替人垂泪到天明。

（我与你虽有强烈的感情，如今却装得毫无情感的样子。现在我和你要分手道别，在这盏饯别的酒杯之前，怎样也扮不出笑脸。你看那蜡烛好像在为你我惜别，烛油也不断地滴落，仿佛替我们流泪到天明。）

第二天，杜牧向牛僧孺辞行，牛僧孺告诫他："此去做御史，私生活应多加检点，免遭物议，自毁前途。"

"哪儿的话，我不过是逢场作戏，岂有沉湎（miǎn）酒色。"杜牧不肯认账。

"噢，是这样吗？"牛僧孺笑嘻嘻地把记载某夜某夜宿酒何处妓院的报告，以及派出保护士卒所写的"无恙"的存档给杜牧看。杜牧脸都红了，再三拜谢而去。因此，牛僧孺死后，杜牧为他写了一段极佳的墓志，以报答牛僧孺之爱护。

不过，杜牧对自己的风流也不是毫无所憾，他在《遣怀》中道："落魄江湖载酒行，楚腰纤细掌中轻；十年一觉扬州梦，赢得青楼薄幸名。"（我失意流落江湖，带着酒意浪游，陶醉在这些腰围纤细、轻得可以在掌中跳舞的妓女中。十年过去了，只换得青楼妓女一个薄情的号称。）

商女不知亡国恨

风流才子杜牧，辞别牛僧孺，离开扬州，前往京城。

到了长安之后，杜牧虽然官拜御史，还是喜欢前往平康里去冶（yě）游。它虽然繁华，却不及扬州金粉，杜牧对扬州依然恋恋难忘。

后来，杜牧由于生病，改派前往东都洛阳。那时司徒李愿家中豢（huàn）养不少歌妓，据说是才貌双全，艳色动人。

杜牧很想去看一看，可是他官居御史，李愿不太敢请他，没发帖子。杜牧觉得十分扫兴，托人转告李愿，代为致意，李愿只好请杜牧赴宴。

达官贵人家中的乐伎，五代南唐画家顾闳中绘。

杜牧老早就听说，李愿家中歌妓，个个漂亮，而其中的紫云姑娘最为出色。他这番去，主要就是要见识见识这位佳人。

到了李宅，李愿招呼一行人坐下之后，立刻有四名家妓前来伺候。杜牧连饮三杯，大剌剌地问道："哪一个是紫云？"

"哪，就是穿紫衣服的那位。"李愿顺手一指，果然是一位秀丽动人的美女。

紫云笑盈盈地走了过来，杜牧不客气地端详了半天，然后自斟自饮，连喝三杯。一清喉咙，高声地说："果然名不虚传，把她送给我算了！"满座哄堂大笑。

接着，杜牧又再痛饮三杯，站了起来，顺口吟出一首即兴诗——

> 华堂今日绮筵开，谁唤分司御史来；
> 忽发狂言惊四座，两行红粉一时回。

可见，他对自己突发狂言，实在是有说不出的得意。

以后，杜牧历任咸阳尉、左补阙、史馆修撰（zhuàn）等官。当时的宰相李德裕虽然赏识杜牧的才华，却因为杜牧在牛僧孺下面做过事，是牛党中人，不肯重用。杜牧长才难伸，依然沉湎（miǎn）声色之中。

当杜牧在扬州之时，就听说湖州（浙江吴兴）地方，山明水秀多美女，而且当地水质好，美女长眉纤腰，似仙女一般；所以，杜牧怎么样也要去湖州一游。

湖州刺史久慕杜牧大名，听说他驾到，立刻安排大规模的盛筵，把当地优姬娼女，一网打尽，在筵前歌舞侑（yòu）酒。杜牧看来看去，竟然没一个中意。

刺史小心地探问："怎么样？"

"美则美矣，未尽善也。"杜牧实话实说。

刺史觉得颇为抱歉，又不知如何是好。

“不如为我准备一艘彩船，让我坐在上面，四处逛逛，也许可以遇上一位佳人也说不定。”杜牧心生一计。

于是，刺史大人立刻照办，雇来一艘最为华丽的彩船，并且在船上扬起幽雅的音乐。咱们这位风流倜傥的才子，就乘着歌声的翅膀，满怀兴致去寻芳。

杜牧选美的消息，立刻被好事之徒传开。男男女女都跑出来看热闹，一睹杜牧的庐山真面目，也很好奇地想知道，究竟哪位美女被杜牧看上。

杜牧见过的大场面多了，因此他悠悠闲闲半倚在船上，等着美女出现。他看来看去，发现虽然有几个长得还不错，距离理想之中的标准还差得远矣，不禁万分失望。

到了夕阳西下，人群将散，杜牧惆怅地走下彩船。忽然，他眼前一亮，远远地望见一个老太婆牵着一位小女孩，这个小女孩真正是小仙女，美得不沾一丝人间尘埃，满脸灵气，好像自古画中走出来。

杜牧惊喜一呼：“这才是国色天香！”

于是，杜牧派人把母女俩接到船上。母女两人吓得惊惶失措，尤其是小美女，直往母亲的怀里钻。

杜牧安慰她二人道：“请放心，我不是现在就要纳聘。十年以后，我再回来娶她。”

“十年期满，不来践约，又当如何？”老妇人反问。

杜牧略略一沉思：“不出十年，我必然会来这儿做郡守，如果十年不来，把她许配给别人好了。”

杜牧回朝之后，心中一直惦记着惊鸿一瞥的小美女，可是官位不高，不敢请调湖州。到了大中三年（849 年），方才托言医治弟弟杜觊（jì）眼疾，要求派往湖州。

然而到了湖州一打听，才知小美人早在三年之前嫁人，而且已经生了两个儿子。杜牧严词责备老妇人："既已许配我，何以又改嫁别人？"

老妇人理直气壮地反驳："我们约期十年，现在已过三年了。"

杜牧黯然神伤，写了一首诗："自恨寻芳到已迟，昔年曾见未开时；如今风摆花狼藉，绿叶成荫子满枝。"

不久之后，杜牧在梦中，梦到自己手写"皎皎白驹"四个字，有人为他圆梦道："这就是意味白驹过隙（暗示死期将近）。"他家的饭锅又突然破裂，他自认为"不吉利"，于是自己写了一篇墓志铭，把诗文全部焚毁。

杜牧在历史上以风流出名；事实上他极有才学，他也未尝不想做一番事业，可是唐朝末期政治腐败，多少也使得他颇为失意。在《阿房宫赋》中，可见其有血气、有抱负，在另一首《泊秦淮》之中，更能表现杜牧这种情怀：

"烟笼寒水月笼纱，夜泊秦淮近酒家。商女不知亡国恨，隔江犹唱后庭花。"（晚烟迷蒙，笼罩在凄寒的河水上；月色茫茫，映照在沙滩上。夜晚泊舟秦淮河畔，正靠着岸上的酒家，可叹那妓女不知亡国恨事，还在低唱玉树后庭花。）

夕阳无限好

在上篇，我们介绍了小杜——杜牧，以别于大杜——杜甫。今天要介绍别于大李（李白）的李商隐，他被称为小李。

李商隐，字义山，怀州河内（河南沁阳）人，生于唐宪宗元和八年（813年）。他家的人都极有才气，曾祖李叔恒，十九岁就进士及第。李商隐幼年时代已经十分能写文章。当令狐楚任河阳节度使时，一次偶然的机会看到李商隐的作品，大为赞赏，而且要求看看他以前的文章。同时，把他请到家中，对自己几个儿子说："你们啊，要多向人家学学。"此时的李商隐尚未弱冠（弱冠是二十岁）。

唐文宗开成二年（837年），李商隐赖令狐楚之子令狐绹之推荐，拔擢为进士第，这年他二十四岁。

在李商隐年轻时代，曾经和长安著名的女道士宋华阳，有过一段恋爱的故事。唐朝的女道士向来多彩多姿，风流韵事不断。杨贵妃在与寿王离婚，再嫁给唐明皇之前，也曾经去当女道士，号太真。

宋华阳当时年轻貌美，与两个妹妹一块住在道观之中，李商隐被迷得神魂颠倒。据苏雪林女士研究，由于女道士身份特殊，恋情一旦公开，不能见容于当时社会。因此苏女士认为，他的诗之所以晦涩难解、冷僻隐秘，就是有此难言之隐。

其实，我们欣赏李商隐的诗，大可以直接去领略诗中之美，犯不着去挖古人隐私。到底真相如何，永远是一个谜，而且也是不重要的。

在李商隐前往吏部考试失败之时，他的女朋友宋华阳移情别恋，爱上了一位青年道士永道士。永道士还是李商隐介绍给宋华阳的哪，而且，宋华阳的两个妹妹也都爱上了永道士。李商隐气愤难堪之余，写了一封信给情敌，信中是一首诗，“君今并倚三株树，不记人间叶落时”，讽刺永道士。

这一年，李商隐年方二十六岁。

受到这失恋的打击之后，李商隐发愤努力，通过吏部考试，正式授官（前面我们一再说过，唐代的考试可分为两段，第一段是任用资格考试，第二段是授官考试）。他通过考试之后，认识了泾原节度使王茂元。

清郑燮书李商隐诗三首：汉水方城带百蛮，四邻谁道乱周班。如何一梦高唐雨，自此无心入武关。（《岳阳楼》）非关宋玉有微辞，却是襄王梦觉迟。一自高唐赋成后，楚天云雨尽堪疑。（《有感》）巫峡迢迢旧楚宫，至今云雨暗丹枫。微生尽恋人间乐，只有襄王忆梦中。（《过楚宫》）

在《牛李党争》之中，我们说过，牛李两党形同水火，互相倾轧。当初，提拔李商隐的令狐楚、令狐绹（táo）是牛党，而李商隐竟然又结交李党红人王茂元，这在当时是轰动的大新闻。令狐楚已去世了，其子令狐绹对李商隐的忘恩负义，气得半夜想起来都心痛。

更叫牛党人不能忍受的是，李商隐竟然与王茂元的次女，在一次宴会之中一见钟情，彼此倾心。

据说那一首荡气回肠的《无题》就是为此而作。

昨夜星辰昨夜风，画楼西畔桂堂东。
身无彩凤双飞翼，心有灵犀一点通。

（昨天夜里，当星光低垂微风吹送之时，我正在画楼的西畔，惦记着桂堂东边的你。我没有彩凤一般的双翅，不能飞向你的身边，可是我们的心，就像灵犀的双角，早已彼此相通了。）

他二人是自由恋爱而结合，婚后夫妻万分恩爱，李商隐因而作了不少流传千古的情诗。然而，牛党中人，自始至终不能原谅他。

李商隐为此十分痛苦，尤其令狐绹官运亨通，一连当了十年宰相，李商隐就在下面被压得透不过气来。

后来，李商隐终于得到一个太学博士的官职，可是他已意态阑珊，兴趣缺缺，因为他的爱妻去世了。

他二人结合困难，所以分外珍惜这段感情，所谓是——

相见时难别亦难，东风无力百花残。
春蚕到死丝方尽，蜡炬成灰泪始干。
晓镜但愁云鬓改，夜吟应觉月光寒。
蓬莱此去无多路，青鸟殷勤为探看。

（要与你见一面是多么难，要与你分别更是困难，东风软弱无力，百花纷纷凋零。春天的蚕儿，一直到死，才把它的丝吐尽，蜡烛要烧到芯成灰，烛油才能流干。）

（我早晨对着镜子，只愁那云般的鬓发变了颜色，夜间吟诗，不自觉担心冷冷月光你会忍受不了。蓬莱仙岛离此应该没有多远，我祈求殷勤的青鸟，能代替我向你探视。）

最后，李商隐双目失明，在寂寞与哀伤之中，病死在一个和尚庙之中。

他的诗绮丽香艳，却不肤浅轻薄，是艺术的、含蓄的，更是浓得化不开的情意，千百年来，为多少有情男女在低吟着，这是中国式的恋爱。至于像今天文坛上某些作家，仗着自己脸皮厚，什么不要脸的都敢大胆描写，实在是有点儿低级。

然而，唐朝的诗到了李商隐、杜牧之时，已失去李白、杜甫时的壮阔，正如同唐朝的国势一般，步入秋暮冬初萧瑟之景。正如同李商隐的名句“夕阳无限好，只是近黄昏”。

“夕阳无限好”短短五个字，把黄昏时那种幽细冷艳，美则美矣，又捉不住的无奈写得多好、多美。我们中国人这几个世纪以来，因为国势衰弱，把自己的民族自信心也丢了，看不起本身的文化，总要外国人肯定，我们才敢肯定，连服装都要老外流行，中国风才跟着尾随。其实，中国有太多丰富的宝藏。

辛谠勇救泗州

在《新唐书》之中有一句话“唐亡于黄巢，而祸基于桂林”。黄巢之乱是中国历史上最惨的乱事之一，我们以后会详细说。桂林之乱指的是唐懿宗咸通九年（868 年）桂林戍卒之乱，其中有一段辛谠（dǎng）英勇的故事。

桂林戍卒之乱的起因是这样的：当初，南诏军队攻陷安南，朝廷下令徐州派八百名军队到桂州戍守，以防御南诏，说好了三年换一次。

由于徐州兵一向颇为骄狂，派了以严苛出名的崔彦曾来担任徐州节度使。当初说好三年一换的，结果挨了六年满期，节度使衙门的官员向崔彦曾报告说：“由于金库空虚，发兵所费颇多，请再留下戍卒在桂林守一年。”

徐州戍卒们火冒三丈，不肯干了！把都将杀掉，推粮料判官庞勋为首脑，劫走府库的兵械弹药向北直奔徐州。一路之上，剽掠杀人，州县长官没有一点办法。

唐朝自安史之乱之后，中央政府对付叛逆跋扈者，总是采取姑息政策。这种对倔强不法者予以纵容的态度，不但造成律令不行、刑德不公，而且引起有野心者更大的侥幸心理，更大的胃口，庞勋之乱也是如此。唐朝朝廷非但不追击，反而急着遣人“赦其罪”。

这一赦罪赦得很“棒”，姑息政策更勾起庞勋非分之念。当徐州兵回到徐州，庞勋对众人宣布：“吾辈擅作主张，回到徐州，不过是思念妻子耳。听说，朝廷已秘密下令解散本军，我等大丈夫岂可自投罗网，为天下耻笑。还不如合力同心，赴汤蹈火，既可脱祸，又可求取富贵！”

徐州戍卒们听得跳起来叫好。当初，他们也知道自己做错事，心里头还是万分恐惧。谁知道，朝廷反而有点儿胆小怕事的模样，于是冒险心大增，跃跃欲试。朝廷不得不改变姑息政策，改用武力围剿。

然而，此时唐朝的皇帝是骄淫的懿宗，手下更是一批庸臣；加上唐代地方吏治不良，徐州民情又慓悍，争先恐后加入庞勋，一会儿势力就滚到二十万人之多。尤其官军战斗力薄弱，庞勋势如中天，直到进攻泗州才碰到了劲（jìng）敌。

咸通九年（868 年）十一月，庞勋遣兵攻泗州。泗州刺史杜滔是个勇敢的守将，他有一个好朋友名叫辛谠。

辛谠是辛云京的孙子，寓居广陵一带，有任侠古风，年纪五十多岁，没出来做官。他性情慷慨，重诺言，颇有济时匡（kuāng）难之志向。

听说泗州告急，辛谠本着朋友之谊前来劝说杜滔，举家逃难。杜滔没等辛谠说完，正色地说：“国家平安之际，我安享禄位，国家有难之际，弃城池而逃，这是我不愿意做的。况且人人都有家，谁不爱家？我单独一人求生，何以安众？”

这番话说得辛谠猛点头称是：“很好，你有如此壮志，正合我心，我愿与你同死！”然后，他赶回广陵，与家人诀别之后，又匆匆忙忙奔回泗州。

此时，泗州告急之消息已传开了，百姓们都在收拾细软，准备把家迁往安宁之处。满街乱哄哄的，人人脸上挂着沉重的表情，一股悲惨的气氛压在大地之上。

当人们扶老携幼，着急地往外挤时，忽然看到辛谠神色慌张往城里头钻，路人不免好心相劝："你难道不知，盗贼要来了，人人往南走，你一个劲儿北行，莫非找死不成。"

辛谠知道跟这些人扯不清楚，也懒得开口。人们看这位中年人一心一意去"寻死"，也没工夫多加理会。到了泗州，贼人已兵临城下，辛谠雇了一只小舟，进入城中。

杜滔见到辛谠，感激地握紧他的手，立刻任命他为团练判官，负责军事作战任务，马上进入备战状况。

庞勋昼夜不息猛攻泗州。泗州岌（jī）岌不保，朝廷派郭厚本前来救援。郭厚本到了洪泽镇，一看，乖乖，贼兵如此凶狠，吓得不肯再往前进。

辛谠在半夜，乘着小舟，到达洪泽，劝说郭厚本出兵，郭厚本就是不肯，辛谠只有快快而归。回到泗州，赫然发现，贼兵要烧水门了，辛谠心一横，再向杜滔请求出城请援。

"你刚刚不是白跑一趟？为什么还要去？"杜滔万分不解地

唐代武卫，陕西礼泉长乐公主墓壁画，陕西礼泉昭陵博物馆藏。

望着辛谠。

“此行我得兵，则生返，不得，则死之。”辛谠痛下决心，杜滔流着眼泪把辛谠再度送上小舟。

辛谠驾着小舟，飘飘荡荡突出重围，再度到了洪泽，向郭厚本陈述利害。

郭厚本原先都答应了，岂料淮南都将袁公弁（biàn）说：“贼人情势如此，咱们自保尚且来不及，哪有工夫去救人？”

“你说什么？”辛谠拔出剑，恶狠狠对公弁说：“你受诏援救，竟敢逗留不进，岂止上负国恩。如果淮南沦入贼手，你又岂能独存？我不如杀了你！”要不是郭厚本阻止得快，一把抱住辛谠，袁公弁就只有上西天了。

辛谠说着，回头望着泗州，哽咽地哭了起来。郭厚本只得派了五百人给辛谠，辛谠离位起身，向五百人重重叩头。

当五百人快到了泗州，远远望见贼人正在攻城，其中有一军吏道：“现在走还来得及。”辛谠回身揪住这军吏头上的髻就准备一刀杀了，大伙急着抢救，偏偏辛谠力气大，抢不走他手上的剑。最后辛谠说：“你们赶快上船，我就饶了他。”就这样，一群人争先恐后救泗州。

从此，泗州攻守之战长达七个月之久，孤城被围，辛谠曾数度冒险突围求援，最后贼平。可见得中国每次危亡之际，总有见危授命的志士挺身而出，此为中华之精神。

唐懿宗与唐僖宗

唐文宗时代，一心一意想除宦官，却发生了甘露之变。从此之后，在中央政府内宦官权势凌驾朝臣之上，而唐朝皇帝更被宦官玩弄于股掌之上。唐文宗在甘露之变后的第五年，因谋杀宦官不成功，神思恍惚，忧伤郁郁而死。

文宗之后经过了武宗、宣宗，再传至唐懿宗，年十七岁即位，又是一个少不更事的小皇帝。

唐懿宗喜好音乐宴游，殿前的乐工，始终维持在五百人左右。每个月要大宴十余次，乐此不疲，而且喜欢出外游玩。每次出去游幸，要备妥音乐、饮食，一大堆吃的、用的、玩的，还要派十余万人伺候。如此奢侈，所费惊人。

他的女儿同昌公主出嫁，唐懿宗不但给了她五百万贯，又打开内府宝库，大大赏赐，以至于同昌公主家中井栏、药罐、食柜、水槽、盆瓮全部都是金镂的，床铺则是玳瑁、琉璃打造的。

皇帝如此铺张，费用自何而来？当然是老百姓遭殃。“冻无衣，饥无食”，“夫妻不相活”，“父子不相救”，贫苦人家只好卖女儿，其父母“得钱数百，米数斗而已”。

不但唐懿宗一人如此，他手下的官吏也是如此奢华。

有一回，唐懿宗为了军费而发愁，召集臣下商讨如何向老百姓搜括。其中一个叫陈蟠（pán）叟的至德县县令，竟对皇上说：“只要破边咸一家，可以养活全军两年。”

“噢？谁是边咸？”唐懿宗问道。

陈蟠叟说：“路岩的亲戚。”

路岩是唐懿宗手下的一名大臣。唐懿宗一听，认为陈蟠叟有此谬（miù）论，至为可恨，立刻把他发配到爱州。当然，没有人敢再不知死活大胆妄言。

路岩一个亲戚的家产，居然可以供应国家两年的军费，那么曾做过八年宰相的路岩，他有多少财产，也就可想而知啦！

唐懿宗在佛教上面的花费亦是不计其数。咸通十四年（873年），他派人到法门寺迎佛骨，广建寺庙、宝帐、幢（chuáng）盖，上面都缀满了金玉锦绣珠翠。从京城到寺庙之间三百里，道路车马昼夜不绝。

臣子有上谏皇帝的，拿唐宪宗迎佛骨之后，不久就归天的例子，希望唐懿宗打消此议。不料唐懿宗胸有成竹道：“朕生而得见

晚唐官家出行，车马如云的场面，敦煌壁画。

佛骨，死亦无恨。”

说来也凑巧，当四月间佛骨迎到京师，六月间，唐懿宗就一病归天。唐懿宗在位十四年，民不聊生，地方大乱。上篇所提到的庞勋之乱，就在这段时间发生的，此为唐朝由乱而亡之大关键也。

唐懿宗之后，唐僖（xī）宗即位，更是一个活宝皇帝。他是由宦官刘行深等人拥立的，即位时年仅十二岁。

当唐僖宗还只是普王的时候，十分宠爱一个宦官叫田令孜的。田令孜当时是小马坊使，常常与普王玩在一块。

唐僖宗当了皇帝，大概还不知道皇帝是治理天下大事的，每天不干别的，就是玩游戏。所有政事都交给田令孜，他甚且叫田令孜为阿父。

这位“阿父”先知枢（shū）密，后来竟然当上神策中尉。田令孜读过一些书，有点儿小聪明，很会招揽权术贪污纳贿。他任用官吏根本不通告僖宗一声，因为僖宗对这些也没兴趣，不好玩嘛。

田令孜每回去见僖宗，总是自备两盘果盒，里面摆满了各种小皇帝最爱吃的各色零食。他二人捧着食盒，一边喝酒，一边吃零嘴儿，十分的快活，总要闹个半天才散。田令孜对僖宗，完全是哄小孩儿的办法。

唐僖宗喜欢与乐工伎儿狎习亲热；身为皇帝，出手可不能寒伧（chen），一赏数以万计，直把府库掏空为止。田令孜拿着簿籍，挨个儿搜括长安大户。若有谁不服，想向上陈述，立刻交给京兆杖杀之，人民敢怒不敢言。

这个宝贝皇帝没有别的本事，击球、斗鸡、赌博都十分在行，尤其会打马球。他有一次对一个优人（演戏的人）石野猪道：“假如举办一个击球的进士举，朕一定可稳拿状元。”

石野猪笑笑说：“若是遇到尧舜做礼部侍郎，恐怕陛下仍然不能入选。”这是讽刺僖宗品德太差。但是僖宗也不以为意，依旧是笑个不停。

在这种情况之下，民怨沸腾，政事大坏。当时，国家有两件大麻烦事，一为西南南诏的蛮人作乱，一为国内的天灾人祸。

马球图，佚名绘，（英）维多利亚·阿尔贝蒂博物馆藏。

在唐僖宗乾符元年（874 年），翰林学士庐携上言："臣见到去年关东旱灾，麦子只有一半收成，贫穷人家只有食槐叶过活，坐守乡闾（lǚ），无所投靠。而州县以上官吏，催缴税收甚急，动则捶挞百姓。人民就是拆了房子，卖了妻儿，也不过能供应税吏酒食之钱，实在无法缴税；何况除了租税之外，还有徭役。朝廷若不抚恤，百姓实无生计……"

当然，僖宗不理这个上书，老百姓走投无路，只有去当强盗。庞勋之乱以后，黄河下游、淮南、淮北一带，多是铤（tǐng）而走险的亡命之徒，其声势如火如荼（tú），终于爆发了历史上著名的王仙芝与黄巢起事。我们读历史，只背人名年代实在没有多大意思，任何一件事的发生都有前因后果。在了解了事情的时代背景之后，可以有更深一层的体会。

王仙芝之乱

自唐懿宗之后，奢侈日甚，用兵不息，百姓万分痛苦。

僖宗乾符元年（874 年），关东地区严重水旱，州县又不肯报荒。州县地方官不报灾情是有原因的，因为当时地方官的考绩是依户口的赋税而定；如果报荒，少收百姓的税或者免税，地方官考绩受了影响，就不能升官。所以为着自己的锦绣前程，有灾也硬是不肯报。

例如，陕州有位名叫崔荛（ráo）的刺史，在老百姓报告荒旱时，他老大不开心，指着庭院中的树道："你看看，这树上还有叶子，何得谓旱，分明是刁民！"这"刁民"被拖下去打屁股，当然还是要缴税。

州县不以实报，上下相蒙，苦的是老百姓，没有地方可以诉冤，只有相聚为盗。再加上太平的日子过久了，官兵打不过强盗，到处都是乱哄哄的一片，其中以王仙芝的一股力量最浩大。

王仙芝是一个私盐贩子。在唐朝，盐是国有的。自唐德宗之后，盐税一天比一天增加，老百姓吃不起盐，只好淡食。可是淡食太难吃，对讲究美食的中国人而言难以忍受，何况盐又是维持身体养分不可或缺的。于是，私盐贩子应运而生。

当时，官厅对于私盐贩子处罚得很凶，贩盐一斗者没收车子，一石（dàn）者处以死刑。然而俗话说得好，赔钱的生意没有人做，杀头的生意有人做。贩卖私盐有暴利可图，有兴趣的自然大有人在。甚且，私盐贩子为了抵抗官厅的查缉，竟然组成了军队，对抗官军。

王仙芝这一伙私盐贩子，在官厅的捉拿下，开始造反。他自己封了一个很神气的封号——“天补平均大将军，兼海内诸豪都统”。河北一带朴实农民，受不了苛捐杂税、天灾人祸，也纷纷加入王仙芝的行列。

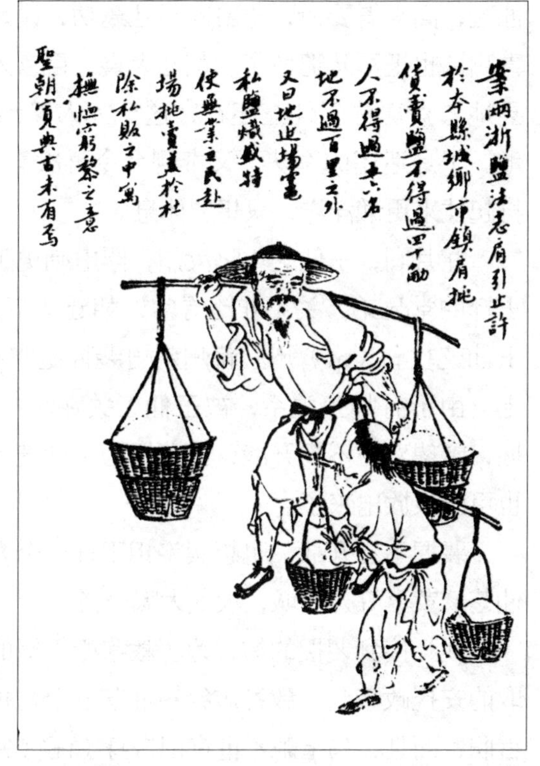

盐贩子，选自《太平欢乐图》。

就在这时，曹州的黄巢也加入了王仙芝的队伍。黄巢也是一个私盐贩子，他倒不与一般盐枭（xiāo）一样，是一个大老粗，他读过一些书。他屡次参加考进士没有考中，心怀不平，思想走上反叛之路，这点倒与洪秀全有点相像。

黄巢在曹州起兵不久，民间流行一首歌谣“金色虾蟆（há má）争怒眼，翻却曹州天下反”。在《全唐诗》卷七三三之中，录有一首黄巢的《不第后赋菊》：“待到秋来九月八，我花开后百花杀；冲天香阵透长安，满城尽带黄金甲。”

王仙芝与黄巢两人会师之后，不一会儿，山东一带居民都争先恐后地加入，群众达数万人之多。所经十余州，京师震惊。

乾符三年（876 年）七月，唐朝将领宋威在沂（yí）州大破王仙芝，高兴得要命，急着向朝廷邀功，说是王仙芝败死。自己回到青州，也把军队遣散了。朝廷大喜，百官入朝称贺。过了三天，州县地方官奏称王仙芝还在，这个死人又活回来了，继续地攻城掠地。于是遣还的军队，又奉到命令再次集合。大家心里都火得很，打起仗来更懒洋洋，只想要休息。

九月间，王仙芝攻陷汝州，俘虏刺史王镣（liào）。王镣是宰相王铎的堂兄弟，关系非比寻常，朝廷上下为之震撼不已。十二月，王仙芝攻蕲（qí）州。蕲州刺史裴握是宰相王铎（duó）拔擢的进士，由于有师生关系，被王仙芝关在牢中的王镣写了一封信给裴握，希望双方不要开战，请裴握为王仙芝向朝廷求官；那么，王镣也可以被放出来了。

裴握不想开战，也想卖宰相王铎一个人情。打开城门，邀请王仙芝、黄巢等人入城，大吃大喝一番。

朝廷接到裴握的信，为了救宰相王铎的堂兄弟，也沿袭一向采取的安抚政策，一致答应给王仙芝一个左神策军押牙兼监察御史的官职，而且，马上派了宦官把告身（任官令）带到蕲州。

王仙芝一个私盐贩子，竟然做了监察御史，高兴得手舞足蹈，王镣为了早日逃出也急忙入贺。可是，有人不开心，那个人就是黄巢。黄巢是想做官想得要命，屡次投考不成才造反；如今王仙芝入朝为官，他竟然没有，这口气如何忍得下去？

于是，黄巢大喝一声，猛拍桌子道："我们当初共立大誓，横行天下，今天你一个人赴左神策军当官去了，我们这剩下的五千人怎么办，你说！"

两人一言不合，就动手打了起来，黄巢把王仙芝的头打破了，其他的部将也不答应降唐；王仙芝见众怒难犯，不敢降唐，先占领了蕲州再说。刺史裴握逃亡鄂（è）州，宰相王铎的堂弟王镣继续被看管。不过，自此而后王仙芝与黄巢分了家。

后来，宦官杨复光派人又劝王仙芝投降，这回没有黄巢作梗，王仙芝也心动了，派遣大将尚君长接头。此时，上次谎报王仙芝战死的宋威在中途拦截了尚君长，又假报“与尚君长在颍（yǐng）州西南大战一场，生擒以献朝廷”，朝廷不能明察，把尚君长处死。

王仙芝气坏了，战场上连连失利，最后被唐朝军队追及，当场战死。王仙芝手下的一批人，眼看尚君长投降，竟然被处死，心一凉，又投奔黄巢，王仙芝起事告一段落。然而，规模更大的黄巢起事正如火如荼地展开。

黄巢之乱

唐朝末年，君主昏庸，天灾人祸，私盐贩子王仙芝与黄巢起事。后来，王仙芝败死，余党归黄巢所有。

黄巢十分兴奋，自号为冲天大将军，然后上表皇帝，请求作为天平节度使。朝廷不许，黄巢再上表请求为广州节度使，唐僖宗命令朝臣们讨论。

其中，左仆射于琮（cóng）以为：“广州乃商旅买卖，市舶往来，宝货聚集之地，怎么可以落入贼人之手。”其他臣子也深以为然。于是，决定另外给黄巢一个率府率的小官安抚。

三个月之后，黄巢接到告身（任命状），勃然大怒，集合了军队就往广州猛攻，当天广州城陷。黄巢一把抓住广州节度使李迢（tiáo），要他代为向皇帝草拟求官的奏章。李迢不肯就范，他对黄巢说：“我世世代代都接受国恩，亲戚满朝，腕可断，表不可草。”

“好，有骨气。”黄巢当下就把李迢杀了。

黄巢占领了广州，士卒水土不服，岭南的瘴疠（zhàng lì）之气使得兵士们十分之三都害了病，黄巢只有先北返。他编了几千张大筏，利用暴涨的洪水，一路连破永州（零陵）、衡州（衡阳）、潭州（长沙）。

等到黄巢到了襄阳，中了刘巨容之计，损失惨重。有人劝刘巨容乘胜穷追不舍，可以把黄巢一网打尽。刘巨容意味深长地笑着说：“国家一向辜负臣子；有危急之时，抚慰有关将士，不愿意赐给官爵及赏赐，等到乱事平定了，就把功臣抛在一旁，甚且因功获罪。不如留贼，作为求取富贵资本。”

有此将领，国焉不亡？但是刘巨容讲得也有几分道理，唐朝末年，宦官用事，皇帝糊涂，的确是善恶是非不分。

广明元年（880 年）五月，黄巢在信州屯扎，正遇到瘟疫，卒徒多死。黄巢向淮南节度使高骈（pián）请降，求高骈代向朝廷保荐呈奏；高骈准备生擒黄巢，满口答应。当时，昭义、感化、义武等军都在淮南，高骈惟恐人家分他的功劳，急忙上奏朝廷：“贼不出数日即平，不烦诸道兵，请全部遣归。”朝廷一见大喜，立刻准了奏章。黄巢知道大军远走，心里头不怕了，又从败部复活，声威更盛。这就是高骈没有团队精神而自食恶果。

不多时，黄巢打下洛阳，京师震恐。唐僖宗着急得直抹眼泪，以宦官田令孜为总司令，命张承范领神策军出长安。

神策军理该是镇守京师最为强劲之队伍，然而，神策军的成员都是长安富豪之家子弟，贿赂宦官，补了一个军籍，每月领了厚厚的军饷，衣着华丽，骑着驽（nú）马，只会凭势使气，欺负老百姓，从来没有上过战场。这一回听说真的要上前线了，吓得直打哆嗦；父子抱头痛哭，想一想，万一真的打死了多划不来。大半出一些钱，雇用京师生病的乞丐代打；这样的叫化兵，如何能够打仗？

无论如何，只有让这群神策军开拔了，前往潼关，抵挡黄巢，一仗就打垮了。黄巢入华州，迫长安，唐僖宗急忙发表黄巢为天平节度使，黄巢哪儿会理他？

长安城中，君臣对泣，唐僖宗一筹莫展。只有效法唐玄宗奔蜀的故事，匆匆忙忙带着福、穆、泽、寿四王及几个妃嫔逃离，连朝臣都不知道。

皇帝溜了，黄巢大摇大摆地入长安，金吾大将军张直方带了数十人在灞上迎接。黄巢可神气哩，肩舆上以黄金为装饰，所有的士

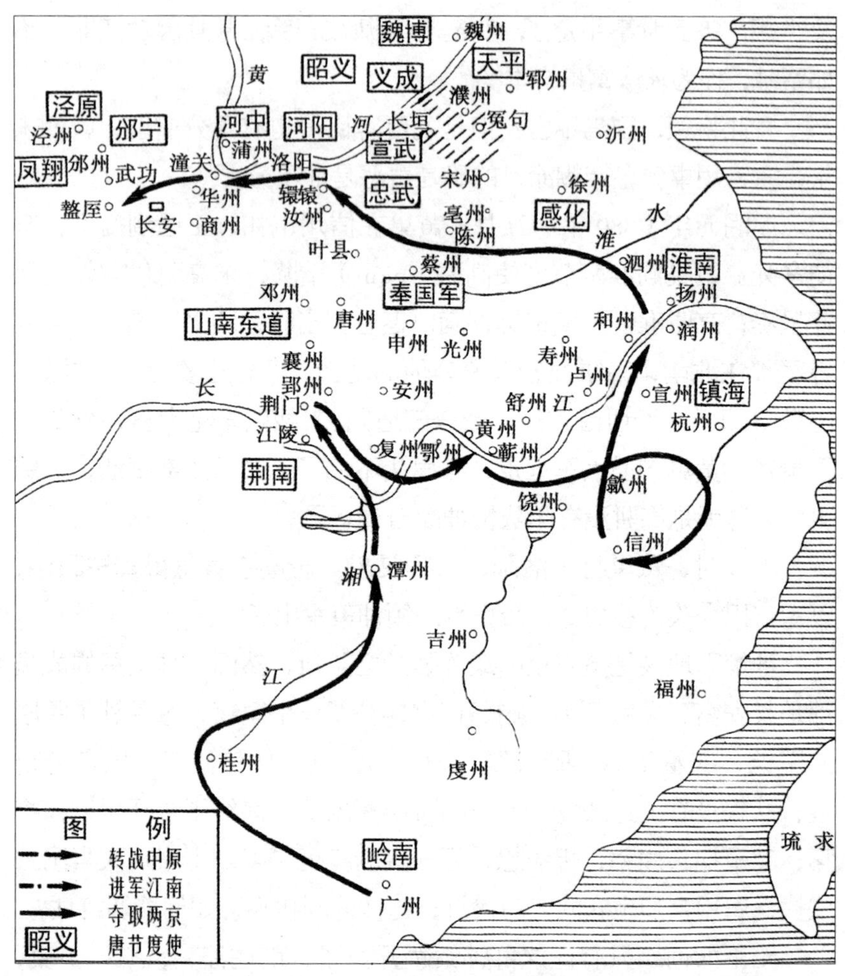

黄巢进军路线示意图。黄巢占领广州后，经短暂休整，于僖宗乾符六年（879年）十月，自桂州沿湘江北上，克潭州，入江陵，北攻荆门时失利，立即南渡长江。攻鄂州不克，即沿江东进，下饶、信、歙、宣、杭等州后，准备经江淮北上。次年三月，高骈在江淮布防，黄巢败退信州。黄巢假意向高骈请降，趁高骈疏忽之机，突然发起进攻，在信州大破高骈，乘胜渡过江淮。唐重要防线一经突破，黄巢势如破竹，十一月十七日迫降洛阳守敌，十二月初三下潼关，初五即入长安。僖宗逃入蜀中，唐廷再次流亡。

兵都披散着长发，束着红巾，衣服全用锦绣裁制而成。执兵以从，甲骑如流，络绎不绝，人们都在道路两旁观看。

黄巢很是得意，下了一道命令："黄王起兵，本为百姓，不像李氏（按唐朝姓李），不爱你们；你们安居过日子不要害怕。"

黄巢因为屡次考试不中，对官吏尤其愤恨，只要看到官吏，非杀不可。到了后来，凡是城中有能作诗的都杀掉，识字的都当了贱役，这大概也是一种心理变态的报复行为。

唐僖宗逃到成都，又号召兵马，收复京师。同时，黄巢在长安，虽然当了皇帝，但他这个皇帝的天下是极小的，四面受敌。于是率众退出长安，驻军灞上。

黄巢一离开长安，程宗楚后脚就踏入长安的延秋门。老百姓听说官军入城，兴奋地互相报喜，争先恐后出来欢迎。有的拿着破瓦片向贼兵丢去，也有的拾起地上的箭给官军使用。

然而，官军的纪律也是同样的差；他们冲入民舍，掠取金帛，欺负妇女。黄巢知道官军没有规矩，再发动反攻，又抢回了长安。

最后，唐朝政府没有办法，请来沙陀兵。沙陀兵将领李克用只有二十八岁，是一个独眼龙，厉害得不得了。他的士兵全穿深黑色的衣服，号称鸦军，猛悍无比。黄巢军见到沙陀兵，大呼："鸦军来了，鸦军来了！"

黄巢眼见大势已去，无法挽回，自刎而死。黄巢之乱始自乾符二年（875 年），到中和四年（884 年），前后整整十年。黄巢虽死，唐朝气数也差不多了，政治不良，百姓流离。

李克用与鸦军

黄巢最后被独眼龙李克用率领的沙陀兵打败。李克用的四万兵队都穿黑色戎装，人们因此称李克用为李鸦儿。

李克用是打哪儿冒出来的？

沙陀兵又是怎么一回事呢？

沙陀原是西突厥的一个小部落。唐宪宗时，沙陀部族被吐蕃打败，逃入唐朝境内投降唐朝，这个时候沙陀的首领是朱邪执宜。

唐朝把沙陀族人安置于河套一带，这时沙陀族人只不过二三千名，但是勇敢善战，颇有胡人雄风。唐朝朔方节度使遂利用沙陀兵来抵抗其他外族，开始有计划地培养沙陀的势力，替沙陀族人购买牛羊畜牧，生活逐渐安定。散居在北方各地的沙陀人，也纷纷前来归附朱邪执宜。

后来，朱邪执宜来到长安，皇帝赐他大量金帛，又组成一千两百多名的骑兵，号称为沙陀军，迁居到山西北部内蒙东部一带。朱邪执宜曾帮助唐朝打败吴元济。

朱邪执宜死了以后，其子朱邪赤心继任为沙陀军的首领，曾经帮助唐朝打败回纥、吐蕃。庞勋之乱时，沙陀平乱有功，唐朝任命朱邪赤心为大同节度使，赐姓为李，名国昌。

李克用正是李国昌之子。关于李克用的诞生，在《旧五代史》上有一段神话传说：

李克用是李国昌第三个儿子。他的母亲秦氏怀胎十三个月，还没有把小孩生出来，叫人十分着急。到了大中十年（856 年）九月二十二日，秦氏忽然头冒冷汗，身体非常不舒服；族人看了又忧心又害怕，急忙去雁门抓药。

结果在路上碰到一个神仙，神仙对族人们说："这件事不是巫医所能办得了的；你们赶忙回去，召集所有的族人，披甲持旌，大声击钲（zhēng）鼓，骑在马上尽量吵闹，围着秦氏住的地方闹三圈就没事啦。"

族人们将信将疑赶了回去，照着神仙所说的去做。果然，秦氏顺利生下一个胖儿子，母子平安。当时虹光烛室，白气充庭，连井水都突然暴涨，李国昌高兴万分，认为是天降贵子。

李克用慢慢长大了，擅长骑射，同年龄的小朋友，没有一个可与他相比。在十三岁那年有一天，李克用见到两只野鸭在天空飞翔，他一箭射出，两只鸭儿应声而落。众人拍手叫好，都夸这个小孩不简单。

过了没多久，有一天，毗（pí）沙天王祠前的一口井忽然沸腾，白花花的水不断涌出，沙陀人看得都吓呆了。李国昌手持卮（zhī）酒奠祭道："我有尊主济民之大志，不知为何井溢，不能察其是祸是福。如果天王有神奇，请出面与我谈一谈。"

说着，李国昌把酒洒在地上，正在这个当儿，神人出现了，披金甲持戈，猛然自墙壁中冒了出来。大家都急着逃命，只有李克用这个小朋友，不慌不忙从从容容退出，比大人还要勇敢，益发证明了不一样就是不一样。

在中国古代，对于天命十分崇信，政治上获得权位往往被视之为天命。所以许多帝王之诞生都有类似的神话，不足为奇。

当李国昌奉命去打庞勋时，十五岁的李克用也跟着出征。他冲锋陷阵，所向无敌，军人给了他一个称号——"飞虎子"。庞勋之乱平定以后，唐朝政府授李国昌为振武节度使，李克用为云中牙将。

李克用，佚名绘，台北故宫博物院藏。

有一天，李克用喝得醉醺醺，拥着美女在休息，忽然有一个刺客拿着刀想要谋害李克用。当刺客冲入内室，竟然发现帐中有熊熊烈火，吓得刺客转身而逃，才知道李克用果然神奇。

后来，李国昌李克用父子跋扈抗命，唐朝派兵讨伐，李国昌父子为唐军所败，奔往鞑靼（dá dá）。鞑靼酋长颇为猜忌李氏父子。

李克用看在眼里，时常与鞑靼高级首领出猎。他把马鞭放在两片树叶中间，一射就射中；射天上的雕也是一箭双雕，使得鞑靼心服口服。

打完了猎，李克用又与鞑靼痛饮。喝得酒酣耳热之际，李克用对鞑靼首领说："我不幸得罪唐朝天子，愿效忠天子而不得。今闻黄巢北来，必为中原大患，一旦天子开赦吾罪，我愿与公立大功，不亦快哉！人生几何，岂能老死沙碛（qì）？"

这番话，表明了李克用无意久留鞑靼，使得鞑靼酋长释然。可见李克用不但有勇且有谋。

后来，黄巢攻入长安，唐朝军队抵挡不住，果然招抚李国昌父子率兵勤王。这个时候，各地赶来的部队集中于京师，然而没人敢与黄巢交锋。可是一听说李克用李鸦儿的鸦军要到了，大家互相警告："鸦儿军至，当避其锋。"

最后，李克用的沙陀军，收复长安，唐朝授李克用为河东节度使（河东节度使管辖山西省中部与北部）。

在唐朝末年，盛行养子制。李克用养了不少养子，个个能征善战，演义小说及平剧之中"十三太保"就是讲这段故事。十三太保并无其事，不过，李克用是中国历史上大家熟悉，而且有趣的人物。

李克用与朱全忠结怨

长安虽然收复了，黄巢的兵势仍强。僖宗中和四年（884 年），朱全忠等人共同向李克用求救。李克用亲点五万人马，出天井关，在西华一带歼灭黄巢军队一万多名。

这天晚上，忽起狂风暴雨，水深数尺。黄巢的军队已被李克用打得盔歪甲斜，军势已疲。这场大雨震雷下来，营帐军马统统被水冲去。

李克用趁着混乱状态，派大批人马杀了过来。黄巢军向东北撤退，李克用再追。黄巢带了妻子兄弟退到曹州，李克用仍在后猛追不舍。

中和四年（884 年）的五月里，李克用到了汴州（河南省开封市）。宣武节度使朱全忠在封禅寺迎接李克用大军，请李克用入汴州休息。李克用甚为高兴，当仁不让地接受朱全忠的慰劳。

朱全忠乃五代时期后梁开国皇帝梁太祖也。他本名叫朱温，江苏人氏，唐宣宗大中六年（852 年）出生。据传说，他诞生的那天，邻居们看到朱家房子着火了，烈焰冲天，大伙儿惊奔前来救火。当大伙儿提了水桶来到朱家门口，发现并未失火，却听到屋内传来婴儿的哭声，原来是朱家媳妇刚刚生了一个小男孩儿，邻居们都觉得奇怪极了。

朱温的父亲朱诚一是一位乡下教书的老实人，靠舌耕过日，非常清苦，没多久病逝了。朱温随着母亲到萧县刘崇家去帮佣。

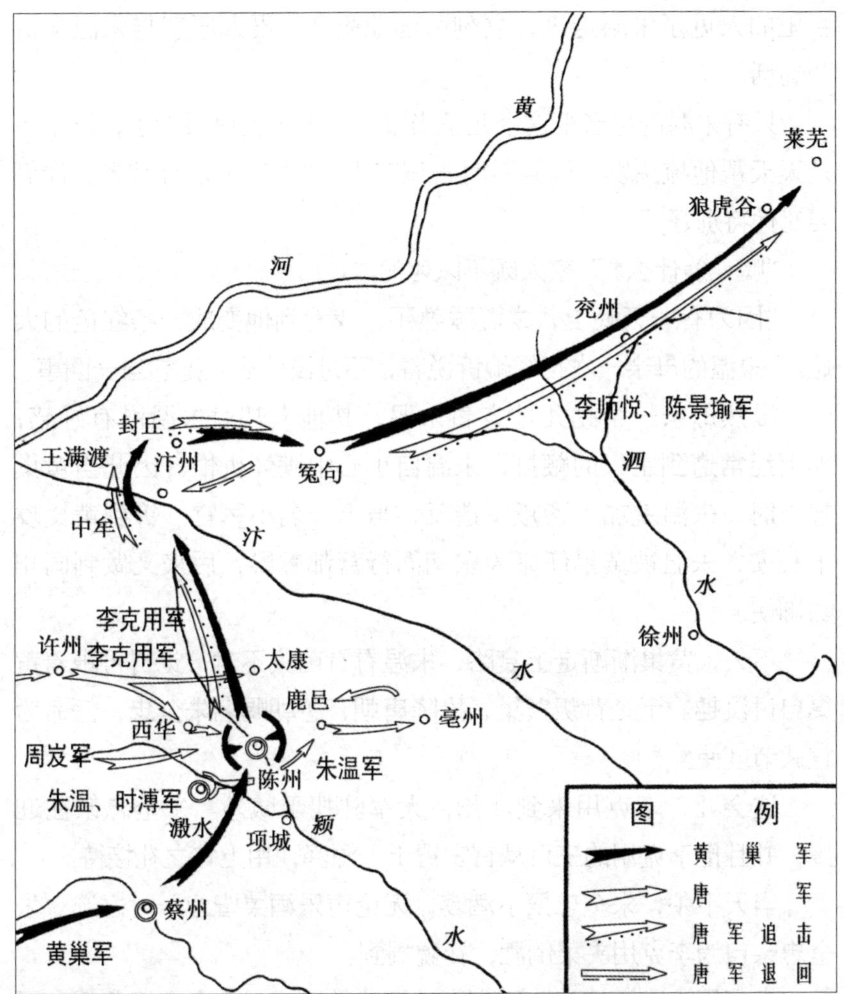

黄巢败亡示意图。唐僖宗中和三年（883年）三月，由于李克用率沙陀兵参战，朱温投敌，黄巢只得退出长安。五月，黄巢前锋下蔡州，转攻陈州，在项城中伏，全军被歼。黄巢闻迅，全军进围陈州，三百余日不能下。次年四月，朱温、周岌、李克用各部合攻黄巢，黄巢遂解围北撤，向汴州移动。五月，李克用在王满渡赶上，大败黄巢，又以精骑紧追，在封丘又败之。追至冤句时，粮尽回返。然又有李师悦部追来，六月败黄巢于莱芜。黄巢走投无路，于虎狼谷自杀身亡。

朱温一天比一天长大了，愈大愈叫人讨厌。因为朱温是个懒汉，人也猥琐，不肯做工，常常挨主人的打骂，又常自夸雄勇。

乡里的人见了朱温走来，立刻远远地避开，没人愿意与朱温多讲两句话。

只有朱温的母亲把这个儿子当宝贝。朱温长得很大了，母亲还是天天帮他梳头发，而且时时告诫家人："朱三不是寻常人，你们要对他特别好。"

"噢，为什么？"家人颇不以为然。

"因为有一天晚上，朱温睡熟了，我看到他变成一条红色的大蛇。"朱温的母亲一本正经地诉说着，不过没什么人把它当一回事。

虽然母亲一个劲儿地宠着朱温，其他人却对朱温没有好感；加上经常遭到主人的鞭打，朱温自小心中满怀仇恨。因此当黄巢起事时，朱温就加入了叛军造反，当上一名小军官。等到黄巢攻下长安，朱温被黄巢任命为东南面行营都虞候，后来又做到同州防御使。

不久，黄巢渐渐走上衰路，朱温看看苗头不对，觉得再跟着黄巢自讨没趣。于是背叛黄巢，投降唐朝，唐朝赐名朱全忠，任命为宣武节度使。

这会儿，李克用来到汴州，大军驻扎于城外。朱全忠亲往迎接，并且把李克用的三百从官安置于上源驿，用上宾之礼接待。

当天下午，朱全忠摆下酒宴，无论声乐酒菜皆为一时之选。朱全忠亲自为李克用夹菜倒酒，礼貌周到。

李克用也乘酒使气，不客气地调戏歌妓。与朱全忠握着手，畅谈直捣黄巢的英勇事迹，说得口沫横飞，得意忘形。怀中的妓女又猛赞英雄威武，李克用益发豪情万丈，一杯又一杯地猛灌老酒。对朱全忠愈来愈没有礼貌，甚且当面取笑朱全忠，朱全忠忍住气，准备夜晚时暗害李克用。

到了将近黄昏的薄暮时分才罢酒，李克用的手下都醉得东倒西歪。到了半夜，朱全忠与宣武将杨彦洪见计得逞，把车辆都连接在一起，并且树立木栅（zhà）挡住去路，发兵攻击李克用住的招待所，呼声惊天动地。

李克用通宵达旦闹了一个晚上，早已醉得不省人事，什么声音也听不见。他的几个亲信卫队与朱全忠的将士格斗。一个叫郭景铢（zhū）的随从急中生智，吹灭了蜡烛，把李克用抬到床下，拿来一盆清水浇在李克用的脸上。

李克用这才慢慢酒醒，郭景铢悄悄在他耳旁说道："朱全忠想谋害你。"李克用慌慌张张拿着弓箭往外跑。也许是命不该绝吧，此时大雨震雷，天地一片晦暗冥昧，简直不辨人物，李克用便趁着这个时候逃了出去。

以前杨彦洪对朱全忠说："胡人一急就会骑马，你看到谁骑马就赶快射箭，李克用这个沙陀人可跑不掉了。"这天晚上一片模糊之中，朱全忠见有一人骑马，赶快拉弓射箭，结果射死了杨彦洪自己。

李克用气急败坏赶回了营区，回想这场鸿门宴，心有余悸（jì），与夫人刘氏抱头痛哭一场。到了清晨，李克用气得马上要发兵去向朱全忠讨回公道。

刘夫人颇有智慧谋略，她柔声地劝告李克用："你此次为国讨贼功劳极大，虽然朱全忠想谋害你，幸亏上天保佑，你平安地逃出虎口，我们要把这件事报告朝廷，我相信朝廷必然会作公正的裁判，如果我们现在领兵去攻汴州，则曲在我方，天下又怎知谁是谁非？"

李克用听了刘夫人的话，暂且不报仇，写了一封信责备朱全忠。朱全忠推得一干二净，回了一封信："前夕之变，我事先并不知道，是朝廷遣宦官与杨彦洪同谋也。"

李克用恨得牙痒痒的，他上书朝廷痛责朱全忠。朝廷见到李克用的报告，大为恐慌，又不敢得罪朱全忠，只好对双方加以安抚。

李克用打败黄巢，累立大功，朝廷竟然不能洗冤，大为不满；而朱全忠做了坏事，朝廷也不敢加以处罚，使朱全忠看透了唐朝外强中干，是个纸老虎。

从此，李克用与朱全忠结下不共戴天之仇。李克用也与仆固怀恩一般，自恃功高，却有冤不得雪，对朝廷日益不满。

天子门生

就在一片混乱的状态之中，唐僖宗去世。宦官杨复恭与刘季述共同迎立僖宗之弟李晔（yè）为皇帝，是为昭宗。现在我们要讲唐昭宗与杨复恭的故事。

唐昭宗即位之时，年仅二十三岁，正当英年，很想振作，整肃宦官与藩镇，以挽回国家的命运。当时，朝臣与宦官彼此之间的对立更加尖锐化。自从甘露之变以后，南衙（朝臣）与北司（宦官）简直形同水火。

宦官与朝臣之间的对抗，由于宦官手中握有禁军，因此，在中央政府内宦官的权势总是凌驾在朝臣之上。朝臣想救皇帝，心有余力不足，可怜的皇帝只有被玩弄于股掌之间。

杨复恭的父亲杨玄翼，在唐懿宗咸通年间就是大宦官。宦官本来不能生育，没有亲生子女。然而，唐朝的宦官盛行养子制度，认养许多别人生的小孩，作为自己的儿子，宦官也会将一些养子阉（yān）割，成为小宦官，使得他的权势财富可以借养子而传下去。另外一方面，从僖宗以后，武将地位重要，因此宦官也收了一些武将为养子，用以把持军队。杨复恭即是在宫中被收养的小宦官长大的……

杨复恭读过几天书，颇有谋略。在庞勋之乱中，因督战有功被擢（zhuó）升为枢密使。黄巢之乱前后，宦官田令孜作威作福，没有人敢与他相抗，只有杨复恭常常与田令孜互争得失。

后来，杨复恭渐渐取代田令孜的地位。文德二年（888 年）唐僖宗忽然生了急病，军民一致惊恐。群臣们以吉王最贤，主张立吉王为帝，杨复恭却坚持拥立寿王。最后，杨复恭胜利，寿王在柩前即位，是为唐昭宗。

由于杨复恭有此功劳，唐昭宗一上位，立刻赐他铁券（quàn），加金吾上将军。所谓铁券是古代用来颁（bān）赠功臣的东西，如果功臣本人或后世犯了罪，拿出铁券为证，可以赦免其罪。杨复恭领了铁券之后，益发骄狂。

唐昭宗有一个舅舅王怀，想要谋取节度使的官职，昭宗询问杨复恭的意见。

杨复恭把脸一扬：“三思危唐，后族不可封拜。”（三思指的是武则天之侄儿武三思）意思是说，武三思危害唐朝，可见皇后之亲族不可封拜官职。

王怀听说这件事，怒由心生，跑到宫中把杨复恭狠狠臭骂一

唐朝末年颁发给臣下的免死铁券。

顿："你这个小宦官竟敢坏我的事！"

宦官本来都有强烈的自卑感，杨复恭劈头被骂了一顿，心里恨得不得了。表面上不动声色，上奏为王怀请求任命黔南节度使。

王怀甚为高兴，兴冲冲地走马上任，还以为发了一顿脾气挺管用的。岂料，杨复恭命养子杨守亮，悄悄派了人在船上做了手脚，行至半途，王怀及随行全部遇难。

王怀遇难的消息传到京师，唐昭宗心痛万分，却也无可奈何。

杨复恭当时把养子都派到各州当刺史，号称"外宅郎君"；又派了六百养子掌管各道监军。天下威势，可说完全集中在一人之手。

其中有一个叫杨守立的养子，原名为胡弘立，厉害极了，任命为天威军使。唐昭宗很担心万一斥退杨复恭，杨守立会起兵作乱，于是和颜悦色对杨复恭说："卿家胡子现在哪儿？我想请他担任保卫皇宫之责任。"

杨复恭把杨守立带入宫内，唐昭宗立刻赐姓李，而且为他改了一个名——李顺节，派他掌管六军管钥。想李顺节当初尊杨复恭为义父，也不过是互相利用，如今既得皇帝恩宠，自然不把义父看在眼中，甚且还暴露杨复恭之阴私，这正是唐昭宗之目的。

当然，这一点小挫折，对杨复恭来说不算什么，他还是威风八面乘着轿子入殿。通常臣子快到殿外，理该早早下轿，表示礼貌；杨复恭故意不理，表示自己有特权。

有一回，唐昭宗与宰相孔纬在谈论叛乱之事，孔纬忽然说："陛下左右将有造反者。"唐昭宗吃惊地站了起来。

孔纬正色指一指杨复恭。杨复恭马上反驳："臣岂负陛下？"

"哼！"孔纬冷笑一声："复恭，陛下的家奴，竟然乘着轿子上殿，而且又广树养子，不是造反是什么？"

"臣欲收士心用以辅佐天子。"杨复恭不慌不忙地回答。

这时候，昭宗忍不住开口了："你要收士心，为什么你的养子不姓李，要姓杨？"（因为唐朝姓李）这番话，说得杨复恭无言以对。

不久，孔纬出守江陵。杨复恭派人把孔纬劫到长乐坡，抢劫一空，只是没把孔纬送上西天，可见杨复恭之跋扈。

杨复恭的两个儿子杨守贞、杨守忠都当节度使，却不肯缴纳贡赋，而且上书讪（shàn）骂朝廷。大顺二年（891 年），唐昭宗终于痛下决心，罢杨复恭兵职，任命为凤翔监军。杨复恭不肯就任，上表致仕（退休），朝廷准了退休。杨复恭却正式割据一方，在玉山营，正式抗命朝廷。

最后，靠了节度使李茂贞的力量（李茂贞也是一个跋扈的藩镇），平定杨复恭。杨复恭被囚车押运，送往长安斩首示众。

到了长安，李茂贞交出一封杨复恭写给儿子杨守亮的信，信中说："天下本为我隋家旧业（隋朝姓杨，所以杨复恭往脸上贴金），我披荆榛（zhēn），冒危险换立天子。谁知天子得位之后，竟然要废我这定策国老，你说碰到这样负心门生真是没可奈何。"

杨复恭居然把皇帝当成门生（即学生），可见唐朝宦官简直不把皇帝放在眼中。

唐昭宗与刘季述

杨复恭虽然被打败了，唐昭宗还是继续重用宦官。唐朝中期以后，皇帝有时因为宦官权势太大，皇帝的尊严与权威受到影响，希望诛除宦官。不过，所要诛除的只是少数的大阉。皇帝的政策可不是要诛尽宦官，而是扫除某一些少数大阉之后，将信赖给（jǐ）予新的宦官。这可能与唐朝初期皇位政争有关，使得皇帝对太子不敢信任，对朝臣又有隔膜，只好信赖宦官了。

杨复恭时代过去了，刘季述继之而起。此时，唐昭宗因为到处兵荒马乱，心情愁闷，开始有点儿喜怒无常、阴晴不定，谁碰上谁就倒楣。

唐昭宗痛恨宦官枢（shū）密使宋道弼（bì）与景修（xiū）务过于专横，与宰相崔胤（yìn）合谋，杀害宦官。因为崔胤与朱全忠有私交，便利用朱之力量把两个宦官赐死。

此次事件爆发以后，无疑在宦官之中掀起一股巨浪。宦官之所以一手遮天，是因为他们掌握了京城之中神策军的军权。然而到了唐朝末期，各地方藩镇跋扈，不把赋税缴到中央，神策军缺少财源，自然走下坡路。同时，各藩镇又自建武力，使得中央与地方更是兵力悬殊。

至于朝廷中的臣子，向来看不起宦官。只是宦官手上握有兵权，朝臣斗他不过。中国历来的士大夫，多多少少都有忠君爱国之情操，对宦官的嚣张早就看不过去了。如今，既然藩镇比宦官更厉害，朝臣自然与藩镇相结合，也让宦官有点儿心惊肉跳。

于是，宦官左军中尉刘季述和其他宦官商量："主上为人轻佻（tiāo），反复无常，难以侍奉；一切事专听南司（当时人称朝廷臣子为南司，宦官为北司），吾辈迟早终将受祸。不如奉太子立之，尊主上为太上皇，控制诸藩，谁也别想害我们！"

昭宗光化三年（900年）十一月，唐昭宗在宫城北边禁苑打猎归来，多喝了两杯老酒，醉眼惺忪的情况下，杀了几个小宦官及侍女。因为这个缘故，第二天到了辰巳时分，宫门还没打开。

刘季述到中书省对宰相崔胤说："宫中必有变故，我内臣也，得以进去看一看。"

于是，刘季述带了一千禁兵，破门而入。问明原委之后，他对朝臣们说："主上做这种事，岂可治理天下？废昏君立明主，自古有之，今当以太子见群臣。"

说着，刘季述召集百官上殿连署废皇帝的报告。崔胤等人怕被刘季述给杀了，一一签上姓名。

这个当儿，唐昭宗正在乞巧楼，刘季述带着太子一路杀了进来。

自古皇宫为重镇，哪有兵士入后宫。唐昭宗看到大批人马，吓得掉到床下，正支撑着爬起来要往后溜，刘季述一把挟住昭宗，把他按到椅子上。

乞巧楼的宫人赶紧通知皇后，皇后着急地跑出来，对刘季述求道："有事好商量，不要吓到宅家（宅家是唐朝宫内对天子之称呼）。"

刘季述拿出百官连署的字条，对唐昭宗说："陛下厌倦帝位，中外群情，一致愿请太子监国，请陛下到少阳宫自加保养。"

唐昭宗自己可没有不想当皇帝，他摇摇手道："昨天与你们喝酒喝得不错，哪有到这步田地？"

刘季述又道："此非臣等所为，皆南司一致的请求，情势所迫，不能遏（è）止。请陛下暂且前往少阳院，待事情平定之后，再迎归入宫。”

皇后怕刘季述等用武，马上说：“宅家马上依你的。”取来传国玺，交给刘季述。

就这样，皇帝、皇后与十多个嫔妃侍从，搬入少阳院。

太子在武德殿即位，昭宗号为太上皇，皇后为皇太后。

刘季述到了少阳院，用银鞭在地上大声抽来抽去。一边甩鞭子，一边怒声责备昭宗：“你，某月某日，某一件事，你不听我的话，其罪一也！”

银鞭在地上一挥，刘季述又骂：“某时某事，你不从我言，其罪二也……”一直数了昭宗几十条罪名，可怜的皇帝，就呆呆站在那儿挨训。

等到刘季述骂累了，停了下来，把少阳院的门锁了起来，用铁把锁封死，再派遣左军副使李节虔带领兵队团团围住；唐昭宗一举一动都逃不过刘季述耳目。少阳院的门被封死了，只好在墙上挖一个洞把食物送进去。

凡是兵器针刀、钱帛纸笔全部不能入洞。十一月里天寒地冻，嫔妃公主没有带御寒的冬衣，冷得嘤嘤哭泣。哭声一阵又一阵传到墙外，叫人听了万分不忍。

自此，刘季述控制内外一切。他为了要立威，大杀特杀；凡是昭宗所宠信的左右宫人及方士一律被杀，每天早上有十辆尸车自宫中开出。

过尽千帆皆不是

唐诗、宋词、元曲都是中华文化的瑰宝。词虽流行于宋，在唐朝末年已经开始蔚（wèi）为风气了。这回我们要介绍晚唐最具代表性的诗人——温庭筠（yún）。

温庭筠，本名岐（qí），字飞卿，并州（今山西太原）人氏，长得非常丑陋。自幼聪明非凡，不但能在顷刻之间飞笔就万言长文，而且弹得一手好琴。他曾对人说："只要是有弦的琴我就能弹，只要是有孔的乐器我就能吹，用不着什么名贵的乐器。"

在当时，温庭筠的诗赋与李商隐齐名，人们称之为"温李"，他的文章高雅脱俗，也不免有点儿自恃（shì）才高。

温庭筠为人豪爽，颇为放荡，擅长于用华丽的词藻描写香艳的恋情。终日饮酒打牌，在娼家妓院中过日。据传说，他有一位表亲曾经资助过他，温庭筠却把钱全部浪掷在欢场中。这个亲戚火大了，拿着竹鞭结结实实揍了他一顿。

温庭筠狼狈而逃，抚着创痛有意痛改前非。当时他名为温庭云，他将"云"改为"筠"字，上面的竹字头用以提醒自己，这个传说是否正确不可考。不过，温庭筠始终本性难移倒是真的。

以温庭筠的才华，他中进士应该没有问题；可是说来也奇怪，他屡试屡败，帮人家做枪手倒是无往不利。

每当温庭筠参加考试，他从来不打草稿。潇潇洒洒卷起袖子，把手肘靠在桌子上，一韵一韵的吟咏，稍加思索，立成一篇，因此人们称之为“温八吟”；又因为他只要叉八次手，马上可成八韵，又被称为“温八叉”。

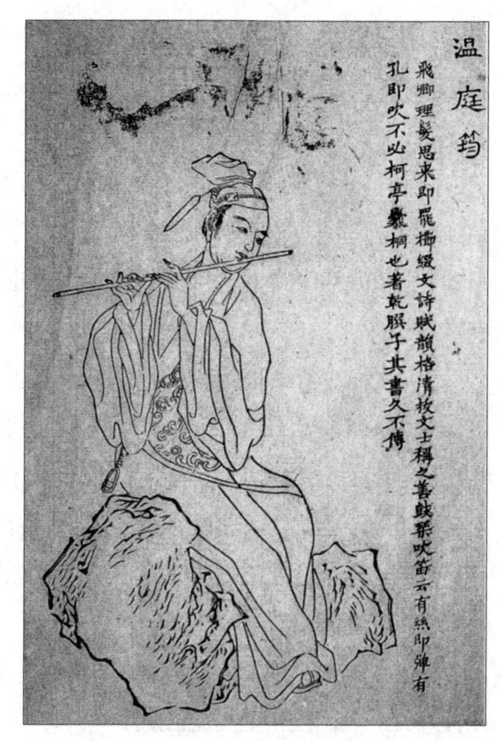

温庭筠，选自《晚笑堂画传》。

温八叉因为老是不守考场规则，为人做枪手，因此被逐出考场之外，自己也别想金榜题名，于是便与一些公子哥儿令狐滈（hào）等鬼混。有一天赌了钱，喝完酒，歪歪斜斜地冲出门外，在大街上大喊大叫闹酒疯，结果被巡夜的打掉了门牙，脸也擦破了。他后来到衙门告了一状，也没争回理。

温庭筠虽然被推荐为乡贡举士，但是几度参加京师的考试没有及格，当然不能做官。

宰相令狐绹（táo）倒是挺赏识温庭筠的才气，邀他到书房工作，而且给予极高的待遇。

当时唐宣宗在位，很喜欢《菩萨蛮》（词调名），令狐绹为了讨好唐宣宗，央求温庭筠代作一首。

“好，没问题。”温庭筠拍着胸脯，满口答应，不多时立刻写成。

写完以后，温庭筠自己愈看愈满意，忍不住到处见人就说，逢人就讲，令狐绹当然恨透了温庭筠的大嘴巴。

又有一次，令狐绹请教温庭筠关于“玉条脱”三字，不知出自何处？

温庭筠脱口而出："此出于《南华经》，这本书也不算冷僻，大臣在公余，也该多看看古书。"

回答问题也就罢了，温庭筠实在不必训令狐绹（táo）的。更过分的是，他竟然刻薄地对旁人说，令狐绹是"中书省内坐将军"，讥诮（qiào）一个为朝廷治理大事之处，怎么用一个如此没有学问的武官。

从此，令狐绹渐渐对温庭筠疏远了，温庭筠不知道反省言语尖刻，反而自哀自怨地叹息："到如今，我才知道人家对我怀恨在心，我错就错在不该读《南华经》，比他懂得多。"

同时，因为令狐绹尽量推拔同姓的人，许多姓胡的人也来冒充。温庭筠忍不住快人快语一针见血讽刺道："自从元老登庸后，天下诸胡也带令。"

令狐绹再也受不了温庭筠，向皇帝上了一个奏章，说此人乃"有才无行"，把他赶了出去。

过了不久，温庭筠的目中无人又惹了祸。

有一次，唐宣宗微服出巡，与温庭筠巧遇传舍招待所之中。

温庭筠一向傲慢，见前面走来一人，从未见过，便粗声粗气地问："喂，你莫非是司马长史之类的小官？"

"不是。"唐宣宗皱了一下眉头。

"嗯，那准是文参簿尉之类的。"

"也不是。"

唐宣宗身着便服，不便发作，心里可是不痛快极了，从此对温庭筠印象恶劣透顶。温庭筠不知反省，竟然上书千言，为自己放荡辩护，其结果可想而知。

因为他擅长描写女人的姿态与爱情，又喜欢用"金"、"玉"，所以有人讽刺，温庭筠的词读多了，好像与一个浑身珠光宝气的妓女并坐在一块。话虽如此，温庭筠若是去掉浓妆，以素淡的颜色出现，那种高远的意境、细致的表情、婉约的韵味，实在是妩媚。

譬如这首《梦江南》:

> 梳洗罢，独倚望江楼，过尽千帆皆不是，斜晖脉脉水悠悠，肠断白蘋（pín）洲。

这是描写一个女子刻意打扮以后，一个人倚在江楼，眼看着一艘又一艘帆船过去，每一艘都带来希望，更带来失望。一个人孤孤单单从早盼到傍晚，脉脉的斜阳，悠悠的流水，陪伴她的只有一片荒冷的白蘋洲。

这首词把婉转含蓄的感情，隐藏在字里行间。那一份低回往复之意，现代人的歌词哪里比得上?

皇帝争夺战

在前面《唐昭宗与刘季述》之中，我们讲到，唐昭宗被宦官刘季述等反锁在少阳宫之中，用镕铁把锁封死，食物一概由墙角挖一个狗洞送进去。冬天里冷风恻（cè）恻，嫔妃宫女没有携带御寒的衣服，冻得哀哀啼哭……

左神策军使孙德昭对刘季述之残忍极为愤慨，与崔胤等人在天复元年（901 年）正月发动兵变攻击刘季述，破少阳院门，大声高呼："逆贼已诛，请陛下出来慰劳将士。"唐昭宗被刘季述吓破胆，不敢相信，惟恐一出去，刘季述又要甩鞭子。何皇后高声回话："果真如此，我要看看右军中尉王仲先的脑袋。"

孙德昭把王仲先的首级献上，唐昭宗与皇后等人方才敢出少阳宫门。百官称贺，刘季述已为乱棍打死。

崔胤请求唐昭宗把宦官杀死，改由大臣们掌管宫内诸司事。可是说来也奇怪，唐昭宗刚刚被刘季述整得死去活来，又马上任命宦官韩全诲为左军中尉。这可能是因为宦官朝夕不离皇帝左右，比较有亲切感，不像大臣，只有上朝时才能晋见天子。使得懦弱又贪图享受的皇帝，容易受宦官的宰制。

这个时候，唐朝的中央军力薄弱，韩全诲为巩固力量，勾结凤翔节度使李茂贞。同样，宰相崔胤见唐昭宗依旧信任宦官，恐怕终究还是要被宦官控制一切，也秘密与东方的宣武节度使朱全忠相联络。

于是，朱全忠想把唐昭宗挟持到洛阳，李茂贞也有意把唐昭宗骗到凤翔，打的都是“挟天子以令诸侯”的主意。

崔胤写了一封信给朱全忠，称有皇帝密诏命令朱全忠率兵迎接车驾。宦官韩全诲听到这个消息，大惊失色，自己暗想：万一唐昭宗被朱全忠抢走，他们宦官这一派可没有戏好唱了。于是，先发制人，派了一批军队，飞扬跋扈地来到殿上。

韩全诲（huì）对唐昭宗说：“朱全忠以大兵进逼京师，想劫天子前往洛阳，图谋不轨，臣等请奉陛下前往凤翔，收兵抵抗之。”

唐昭宗没有兴趣逃到凤翔去，不发一言，拿着剑登上乞巧楼。韩全诲可不轻易放过唐昭宗，跟着唐昭宗后头，逼着他下楼。

唐昭宗才走到寿春殿，韩全诲已经派人在天子及后妃所居之宫殿放火了，逼着唐昭宗不能不上路。

这天刚好是冬至，没有吃汤圆，没有一点点过节的气氛。唐昭宗一个人在思政殿，一脚跷起，一脚踏在栏杆上面，难过万分。正如同他偷偷留了一封给宰相崔胤的信中所说：“我为宗社皇室大计，势须西行，卿等但东行，惆怅、惆怅。”

于是，这位惆怅的皇帝，万般不情愿地跨上马鞍，一大群嫔妃宫女，才自少阳宫放出来，想过几天好日子，不料又被迫上路，一个一个哭得像泪人儿似的。一行人才出宫门，回头一望，整个皇宫一片火海，忍不住哭得更凶了。

唐宫中妃嫔，唐周昉绘。

等到朱全忠抵达长安，唐昭宗已被架到了凤翔，宰相崔胤等率领百官在长乐坡迎接。朱全忠马不停蹄又赶到凤翔，驻军城外。

凤翔节度使李茂贞已抢到昭宗，登上城门对朱全忠道："天子来此地避灾，并非臣下无礼，你听了小人的骗才到这儿来！"

朱全忠也不甘示弱，扯着嗓子喊道："韩全诲劫迁天子，我今天前来问罪，迎请陛下回宫。你既然没有参与这件事，也就不必多说！"

两人对骂不算数，要看看谁打得过才算本事。一连几场仗打下来，李茂贞完全不是对手，只好缩在城中不吭声。

朱全忠一下子攻不进城，只有采取封锁政策，让李茂贞活活饿死，并采取心理战，每天夜里大声鸣鼓角，声势浩大，把整个城震动得如地震一般翻来覆去，同时士兵们在城下高声叫骂："劫天子贼！"

在城上的李茂贞军队就回骂："夺天子贼！"

这年冬天下大雪，城里头的东西全吃光了，冻死饿死的人不可胜计。有的人躺在床上，奄奄一息，还剩一口气在，已有另外的人准备吃他的肉。

市场上不再卖猪肉、羊肉，而是改卖人肉；狗肉比较香，一斤三百，人肉一斤只值一百。李茂贞也只有用狗肉为材料，做食物给唐昭宗吃。

唐昭宗及妃嫔们吃不饱，迫不得已把龙袍御衣及小皇子的衣服拿去卖，换一些食物来充饥。

皇帝的衣服也卖了，还吃不饱，不得不自备小磨，磨一些豆麦充饥。唐昭宗叹着气对李茂贞说："我兄弟及侍从一天之中总要饿死几个，冻死几个。我们一天喝粥，一天吃汤饼，吃到现在也没了，你们赶快和解吧……"

李茂贞孤城援绝，只有杀了韩全诲出门投降。唐昭宗见到朱全忠，热泪盈眶，扶起跪在地上的朱全忠说："宗庙社稷，赖卿再安，朕与宗族，赖卿再生。"并且解下玉带送给朱全忠。

朱全忠迎唐昭宗回到长安，应崔胤之请，把宦官一口气杀光，杀了八百多人。至此，宦官完全消灭。从唐玄宗以来，将近两百年的宦官权势与气焰归于烟消云散，唐朝的国运也即将结束。我们中国人常说"承祖上余荫"，没有比当皇帝更承祖上余荫、安享富贵者。看看唐昭宗之软弱悲惨，再回想一下唐太宗之威风神气，可见一个人没有能力，你爸爸就是皇帝都没有用!

朱全忠篡唐

在《皇帝争夺战》一篇中，我们说到，宦官韩全诲（huì）勾结凤翔节度使李茂贞，朝官崔胤勾结宣武节度使朱全忠，都想挟天子以令诸侯。唐昭宗被抢来抢去，最后朱全忠抢到了皇帝，把宦官杀个精光。

朱全忠是应崔胤之请，前来保驾。然而，崔胤看出朱全忠为人跋扈，恐怕不利朝廷。朱全忠先发制人，上了一个密表说"崔胤专权乱国，离间君臣"，然后派亲信把崔胤杀了。

当初朱全忠攻下邠（bīn）州时，把靖难节度使李继徽的妻子留下为人质。李继徽的妻子年轻貌美，朱全忠性好渔色，把她给强占了。李继徽回来，发现了，气得怒发冲冠。李继徽刚好是李茂贞的养子，他气咻咻地对养父说："唐室将灭，父亲你忍心坐视吗？"

李茂贞被儿子说动了，遂相与联兵侵逼京畿（jī）。朱全忠得到消息，急着请昭宗迁都洛阳，命令百官东行，文武百官个个都抱怨不已："贼臣崔胤，召朱温（朱全忠原名）来，倾覆社稷，害我等流离到这步田地。"

群臣们骂归骂，还是不能不一把眼泪、一把鼻涕哭哭啼啼地上路。当车驾到华州，人们夹道欢呼万岁。唐昭宗自己想想好窝囊，忍不住哭了起来："你们不要呼万岁，朕今天不再是天子了。"又转过头来，对身边的侍臣说："朕今日漂泊，不晓得将流落何处？"

昭宗旁边的侍臣，没有一个人能回答皇上的话，也不敢抬起头来看昭宗；一个一个垂着头，望着脚尖，心中有说不出的沉重。

二月间，车马到了陕州，因为洛阳宫室尚未修成，暂时先留在陕州。朱全忠来到了陕州，见到何皇后，何皇后悲泣地说："从现在起，大家夫妇的命就在你手里了。"大家指的是天子。

过了两个月，洛阳宫室修好了，朱全忠催昭宗早日上路，昭宗说："皇后生产不久，不宜远行，请等到十月再东行。"朱全忠很生气，认为昭宗有意拖延，把昭宗身边伺候击球的供奉、内园小儿两百多人都杀个干净，然后再找了两百多个大小身材差不多的，换上衣服来冒充。唐昭宗起初没有注意到，等到发现被掉包，除了伤心也别无他法。

唐昭宗有一个儿子德王李裕十分优秀，朱全忠曾经见过一面，看到德王生得眉清目秀，而且年龄已不小了，心中十分厌恶。唐昭宗离开长安之后，日夜担心德王会遭到不测，唐昭宗对朱全忠派来监视的蒋玄晖说过："德王，朕之爱子，朱全忠为什么一定要把他杀掉呢？"说着，泪下如雨，用牙齿把手指咬破，鲜血不断溢出。

蒋玄晖把这件事报告了朱全忠。朱全忠遂派遣蒋玄晖（huī）、朱友恭等一百多人半夜叩宫门，说是西讨行营军前有急奏，要当面禀告皇帝。

妃子裴贞一匆匆打开门，见到黑鸦鸦的军队，十分惊奇：

"急奏，为什么要派这许多兵前来？"

蒋玄晖大声问道："至尊（皇帝）在哪儿？"

一位李昭仪倚着宫殿的轩槛（jiàn）呼道："宁可杀死我等，不要伤了大家。"

此时，唐昭宗正醉倒在床，梦中被惊醒，绕着柱子逃命，这当然是难逃一劫。朱全忠听说顺利完成任务，假装大惊失色，趴在天子的棺木之前痛哭流涕。演完这场戏以后，立辉王李祚（zuò）为帝，是为昭宣帝，年方十三岁。

朱温在京剧中的造型，选自清内府彩绘本《庆赏昇平》之《太平桥》。

心狠手辣的朱全忠把德王李裕等九个昭宗儿子找来，请他们在九曲池饮酒。喝了一半，把这九个儿子缢死，扔到池子中去。

昭宣帝年仅十三岁，还是一个毛孩子，什么也不懂，一切操持在朱全忠之手。朱全忠是个草莽懒汉出身，在家乡时很被邻里看不起，因此心中对知书达礼的知识分子十分痛恨。如今大权在握，一口气杀了裴枢、独孤损等三十多位名重士林的读书人，而且，把他们的尸体一块投入河中喂鱼。

朱全忠身边有个叫李振的，屡次投考进士不第，心怀怨恨，酸葡萄心理十分强烈。他对朱全忠说："这些读书人常常自引为清高，认为自己是清流，我们应该把他们扔到黄河中去，把清流变为浊流。"

朱全忠知道自己所作所为，一定不合读书人的心意，所以十分赞成李振的做法，含笑答应。当时的人称李振为鸱枭（xiāo）（一种不祥之鸟），李振见到朝中士大夫都是颐指气使，旁若无人。

有一天，朱全忠与僚佐及游客坐在一棵大柳树之下，朱全忠一个人在自言自语："这柳木应拿来作车毂。"

柳树条儿细，怎能当车毂？没人应朱全忠的腔，后来又怕朱全忠不高兴，大伙儿勉强应了一句："对，应该用来制车毂。"

一听这话，朱全忠勃然大怒，厉声道："你们看看，这些没有用的书生就喜欢顺着旁人的口捉弄人，车毂要用夹榆，怎能用柳木呢？”于是把左右数十人杀了。

不久朱全忠逼着昭宣帝让位，自己登上皇位，改名为朱晃，御金祥殿，接受百官朝贺，改国号为大梁。以汴梁（今河南开封）为东都，洛阳为西都，是为后梁太祖。唐昭宣帝被杀，谥为哀帝。五代开始，唐朝灭亡，唐朝历二十一帝，二百八十九年。

李存勖处变不惊

朱全忠掌握大权之后，派人弑唐昭宗，另立唐哀帝，接着又逼哀帝让位，唐朝灭亡。朱全忠自己做皇帝，改国号为梁，就是梁太祖，五代开始。

朱温登上天子宝座，最为生气的人就是李克用。在前面《李克用与朱全忠结怨》之中，我们曾经说过，朱全忠畏惧李克用能征善战，曾经摆下鸿门宴，计划把李克用灌醉之后一刀解决。若不是李克用溜得快，早就一命送上西天，因此两人结下了不共戴天之仇。

朱全忠虽然登上帝位，不过他这个帝国的疆土其实小得可怜。李克用仍然是朱全忠一大劲敌，大家都很害怕这个沙陀部族的独眼龙。

说到李克用的独眼龙，这其中还有一段有趣的故事。李克用声威大振之后，淮南节度使杨行密（后来建立五代十国中的吴国）对李克用十分好奇。可惜那个时代没有照片，始终不晓得李克用长得什么模样。

于是，杨行密派来一个画工，假扮为商人到河东去偷偷画像。画工还没有到达，李克用的手下已经知道这个消息，因此画工一到，立刻束手就擒。

李克用起初非常生气，后来又笑了起来，他促狭（cù xiá）地对左右亲信说："我少了一只眼睛，看他怎么画。"

接着，这个倒楣的画工被唤到李克用面前，李克用一手拍着膝盖怒气冲天地说："淮南节度使派你来画我，想来你是画工之中最好的，你如果画我画得有十分之一不像，那么此处就是你丧生之所。"

旁边的人都在为画工担心，因为李克用脾气很坏，身旁的人稍微犯一点小过失，必置人于死地。画工画得不像，李克用要画工死，要是画工把李克用一只眼睛瞎了的样子据实画了出来，还想活命吗？

等到画工画好了呈献上去，没想到李克用竟然大为开心，嚷着要厚赐金帛，这是怎么一回事？大家都凑上去一看究竟——原来画工笔下的李克用张着手臂在弯弓射箭，一只眼睛眯了起来，好像在瞄准方向。这样巧妙地掩饰了独眼龙，难怪李克用大为开怀！

李克用在朱全忠称帝一年就死了，死以前他立儿子李存勖（xù）为嗣，并且对他的弟弟振武节度使李克宁说："亚子志气远大，必能成吾大事，你们好好教导教导。"

亚子是李存勖的小名，这是因为以前李克用曾带着李存勖去见唐昭宗。唐昭宗见他虎背熊腰，体貌奇特，忍不住拍拍他的背说："你这个儿子将来可为国栋梁，不要忘记忠孝传家啊！"由于唐昭宗说过一句"此子可亚其父"，所以小名为亚子。

这个亚子还真有乃父之风，十三岁开始学《春秋》，习骑射，每回打仗，总是功居第一。在他嗣位这一年，年仅二十四岁。

当时振武节度使李克宁，也就是李存勖的叔叔掌握兵权，威风赫赫。军队中以李存勖年轻，嘴上无毛、办事不牢，在私下窃窃谈论，人情汹汹，不以为然。李存勖有点儿害怕，想把王位让给叔父李克宁。李克宁不肯："有先王之命，谁敢违背？"

李存勖初当大任，心中惴（zhuì）惴然，又想念父亲，一个人躲在屋中哭了又哭。将吏们要见李存勖，李存勖还在哭个不停，有一位亲信张承业进来劝李存勖："大孝在不坠基业，多哭有什么用？

李存勖在京剧中的造型,选自清内府彩绘本《庆赏昇平》之《太平桥》。

保家安亲，才是大孝。”李存勖这才出来指挥大局。

然而局面还是异常困难，在平剧及地方戏曲之中有“十三太保”，讲的是李克用十三个养子。十三太保虽无其事，李克用有许多养子倒是真的，而且李克用对他们也确实是宠爱如亲生儿子。

这会儿，二十四岁的李存勖登上王位，养子们个个心中怏（yàng）怏不服气。或者推说自己有病，或者见到新王不肯下拜；加上李克宁权位重，许多人都倒向这一边。

其中有一位养子李存颢就对李克宁说：“兄终弟及，自古有之，你是叔父，还要向侄儿下拜，于理安乎？”

李克宁回答：“我家世世代代以慈孝闻名天下，先王之业已有所归，我复何求。你再乱讲话，当心我先斩了你。”

李克宁话说得很够意思，他的妻子孟氏可不这么认为。孟氏向来以刚烈凶悍为名，在几个养子的太太一再游说之下，孟氏给说动了。李克宁一向怕老婆，胆子很小，又朝朝夕夕听人们劝说，心意也动了。

在这种情况之下，李存勖想要躲过至亲相残也躲不过，只好把李克宁捉来。他流着眼泪对叔父说：“当初我要把军符让给你，叔父你不肯要，如今大事已定，叔父你又何必如此？”不得已把叔父杀了。

李存勖继父位，为河东节度使，袭爵晋王之后，果然不负父望，与后梁展开生死决战。他对身旁的人说：“汴人（指朱全忠，因为朱全忠的根据地在汴州）以为我有丧事，又欺负我年少嗣位，未习戎事，必然轻敌，我不如出其不意攻之。”

这个亚子果然不负父亲期望，他大破后梁军队于夹寨。后梁太祖朱全忠叹息道：“生子当如亚子，克用可谓不死矣。至于说我的儿子，那简直是猪是狗。”

记得本书前面谈到西汉初年，我们说过，汉高祖死后，汉惠帝软弱，吕后掌政。匈奴冒顿单于欺负国有丧事，写了一封国书羞辱吕后，说要娶吕后为妻，吕后不敢发怒，只好推说自己老丑。同样的，李存勖也是丧父不久，因为处变不惊，有胆识有办法，反而大获全胜。可见处变不惊不是遇到变故呆若木鸡，而是不惊恐——慎谋能断才能化险为夷。

王彦章不事二主

李克用去世之后，其子李存勖颇有乃父之风。连连奏捷，使得李克用的仇敌梁太祖朱全忠非常恐慌。

朱全忠一共当了六年皇帝，屡次败在李存勖（xù）之手。他后来生了病，在病中流着眼泪叹息道："我经营天下三十余年，不料太原余孽（指李存勖）如此猖狂。我看他的志向不小，我死以后，我那几个猪狗不如的儿子，哪里是他的对手，我死无葬身之地了。"

朱全忠是盗匪出身，以马背得天下，却不知不能马上治天下。他的家庭教育十分失败，几个儿子都不成材。朱全忠本人淫虐贪暴，儿子也不佩服这个父亲。

他的大儿子很早就死了，二儿子朱友珪（guī）不得朱全忠之欢心。倒是有个养子朱友文，因为妻子王氏生得美，使得朱全忠特别宠爱朱友文。

乾化二年（912 年）五月，朱全忠在河北吃了败仗，退守洛阳，病势十分危急，把友文召来托后事。这件事被朱友珪知道了，连夜率兵闯入寝宫杀了朱全忠。朱友珪的弟弟朱友贞又把朱友珪杀了，自己当了皇帝——这就是后梁末帝，即位于大梁（即汴州）。

朱全忠打不过李存勖，朱全忠的儿子朱友贞正如其父所料，更不是李存勖的对手。后梁在军势上，益处下风。

当时，许多人都劝李存勖称帝。又有魏州地方一个和尚卖玉，识货的人发现这一块玉不是普通的玉，竟然是黄巢破长安时抢到的唐朝传国玺。这个笨和尚不知情，把它当做平常东西一样摆了几十年。这一会儿晓得了，拿去献给李存勖（xù）邀功。

李存勖得到了传国玺，益发相信自己有帝王之相，不可有违天意。于是在魏州（河北省大名县）牙城之南筑坛，祭告上苍，即皇帝位。

因为李存勖姓李，他自认为是大唐帝国之后，再加上他父亲李克用曾经拍着胸脯说："以前天子临幸石门，我发兵诛贼臣；当是之时，威震天下，我若挟持天子，自立为王，谁能禁止我？想吾家世代忠孝立功，你以后应以复兴唐室为己任，千万不要效法朱全忠！"所以李存勖建国仍为唐，历史上称之为后唐。事实上李克用是沙陀人，与唐朝可没有一点沾亲带故。

李存勖是为后唐庄宗，他称帝之后，积极要消灭后梁，后梁末帝朱友贞吓得要命。老臣敬翔知道梁室已危，悄悄把绳子藏到内靴之中，到后宫去找梁末帝。

敬翔对末帝说："先帝（指朱全忠）取天下，不以臣为不肖，臣所建议，先帝从无不用。今天敌势益强，而陛下弃忽臣言，臣身无用，不如死！"说着，自靴内掏出绳子就要上吊。

后梁末帝急忙阻止他，问他有何救国之策？

敬翔回答："事急矣，非用王彦章为大将不可。"

于是，梁末帝用王彦章为行营招讨使，段凝为副招讨使。

梁末帝问王彦章："要几天可以破敌？"

王彦章回答："三天。"

左右都哈哈大笑，可是王彦章真的在三天中，沿着黄河南岸，连下德胜城、麻家口、景店诸寨。唐军损失大半，连唐庄宗都不能不亲领大军对抗。

这个王彦章，乃梁朝一猛将也。使用一支铁枪，驰突阵中，出入如飞，军中号为王铁枪。王铁枪把李存勖的军队打得自相惊扰，互为践踏。若非李嗣源之子李从珂前来相救，连后唐庄宗本人都不保。

王彦章在前线奏捷时，不断对人说："等我成功以后，看我回朝诛杀奸臣，以谢天下。"原来当时梁朝朝廷为奸臣赵严、赵鹄（hú）、张汉杰等把持，王彦章一直受到排挤，他十分看不惯赵张等人的跋扈。

赵张等人知道这个消息，大为恐慌，私下商议："我们宁死于沙陀李存勖之手，不能被王彦章所杀。"事实上，这些小人心中想的是：国家亡了无所谓，反正我们可以投降。万一王彦章凯旋归来，牛脾气发作，可就小命不保。

于是，赵张等人在末帝左右竭力诋毁王彦章，所有功劳都记在他的副手段凝账上。最后，糊里糊涂的末帝把王

王彦章，选自《马骀画宝》。王彦章刚投军时，要求为一队之长，众军士不服，王彦章就赤足在蒺藜上踩踏，毫发无伤，众皆拜服。

彦章调回朝廷，改由段凝担任行营招讨使。前线的军队，立刻不堪一击。

唐军利用此机会，积极展开反攻，庄宗亲自指挥大军直指汴州、洛阳。他豪迈地立誓："事之成败，在此一决战；若不成功，我们全家集于魏宫，一火焚之。"

发下重誓之后，唐军锐不可当。过郓州，渡汶水，迫梁军于中都。王彦章率数十骑出走，途中遇到唐龙武大将军李绍奇。李绍奇忽然听到王彦章的声音，不觉叫出："王铁枪也！"回身挺枪刺之，王彦章措手不及，坠马就擒，被押解入大帐。

庄宗李存勖问王彦章："你曾说我是斗鸡小儿，何足畏？今天，你服不服？"

"天命已去，夫复何言。"王彦章还是神色不屈。

唐庄宗很欣赏王彦章的才能，派医生为他疗伤，送金帛讨好王彦章。王彦章摇摇头说："我本匹夫，蒙梁朝恩典位居上将，与你交战十五年。今天兵败力穷，纵然你怜我，我有何面目见天下之人？岂能朝为梁将，暮为唐臣，此我所不为也！"最后，王彦章被庄宗所杀。

好一个"朝为梁将，暮为唐臣，我不为也"。可见尽管生当乱世，还是有保存气节之忠臣。

后唐庄宗晚节不保

在上篇《王彦章不事二主》之中，我们说到，后梁末帝朱友贞软弱无能，又不懂得任用号称“王铁枪”的王彦章，兵败如山倒。

这个时刻，朱友贞的臣下躲的躲、藏的藏。梁末帝不知如何应付困局，只有天天哭，哭到后唐军队到了开封（汴州）城外，惶恐自杀，群臣开门投降。后梁灭亡，只传了短短十六年。

此次后唐攻梁，以李克用养子李嗣源功劳最大。后唐庄宗李存勖（xù）喜不自胜，用手拿着李嗣源的衣角，频频用额头碰触，并且说：“吾有天下，卿父子功也，我与你共享此天下。”

据说李克用临终时，曾经把三支箭交到后唐庄宗李存勖手中，对他说：“梁是我的仇人，燕王是我的仇人，契丹与我结为兄弟，后来背叛我归唐，三个都是我的仇敌。我现在把三矢交给你，你不要忘记为父的志向。”

因此，在后唐庄宗出战时，每次都不忘以锦囊负矢，所向无敌，意气豪迈。现在，他果然完成老王的遗志，把后梁给消灭了。

这时，后唐庄宗入告太庙，还矢先王。大家看他处变不惊，临危受命，都暗暗忖度，这必定是一个英明之王，百姓有福了。

可是，事实的发展往往出人意料之外。以前我们讲唐玄宗开元之治时，那是何等恢宏的气魄，可惜到了晚年，宠爱杨贵妃，闹得天下大乱。同样的，后唐庄宗也认为自己辛辛苦苦打了多年战争，如今应该享享清福了。

庄宗自小就是天才儿童，妙解音律（这一点与唐玄宗也类似），对唱戏的伶人非常宠爱。他不但欣赏戏剧，而且还粉墨登场，取了一个艺名——李天下，对票戏比什么都有兴趣。

由于皇帝的宠信，许多优伶得以自由出入宫廷。这些伶人没有什么文化程度，到了宫中，侮弄官员，不识大体。官吏们被捉弄了，又不能发脾气，只能心中叹气。

其中有两个伶人陈俊与诸德源，庄宗竟然一时兴起要他俩当刺史，宰相郭崇韬（tāo）力谏而止。过了一年之后，庄宗对郭崇韬说：“我已经答应他们了，你的话虽然公正，不过应当为我曲意行之。”

李存勖，选自《清刻历代画像传》。

皇帝的话是圣旨，那有什么办法，只好照办。不过，庄宗这个小气皇帝，对待百战功高的士兵，往往吝于赏个一官半职；对伶人却大方极了，所以部将都十分愤恨。

庄宗又宠信一个刘夫人，这位刘夫人是一个算命术士的女儿，也许因为出身寒微，既然一朝得贵，便积极地蓄财营商，连生果、蔬菜都要贩卖抽成。她当上皇后以后，规定：凡是四方贡献，要准备两份，一份给天子，一份要孝敬她。

刘夫人搜括来的钱，除了写佛经、施僧尼之外，一毛不拔。她之所以对僧尼特别客气，大概认为如此能洗清罪恶，免下地狱。

为了要满足皇帝的享乐，民不聊生。庄宗又喜好打猎，有一次在中牟（móu）地方打猎，中牟县县令在马前劝谏：“陛下为民父母，奈何毁弃人民赖以维生之稼作，使人民辗转死于沟壑（hè）？”

庄宗恼羞成怒，有一个优伶敬新磨上前一步，斥责中牟令：“你为县令，难道不知道天子喜好打猎？你为什么要放纵人民耕种，存心妨碍我天子之驰骋，你简直该死！”

后唐舞女陶俑，江苏省江宁县李昇陵出土。

这番无理的话把庄宗逗笑了，不再追究中牟令。

由于伶人懂得讨庄宗欢喜，自然四方藩镇急着与伶人交结。其中有个叫景进的伶人是个包打听，每次都去探听一些民间乱七八糟的事，回来禀报庄宗。庄宗一看到景进，就知道又有好听的新鲜话，马上笑开了脸。

又有宦官向庄宗进言：“最近洛阳宫殿之中，时时闹鬼，这是因为掖庭空虚。想唐懿宗、僖宗时代，六宫粉黛，不少于万人，热热闹闹，多好。”

庄宗一听，怦然心动，

他命宦官王允平、伶人景进，去民间采择美女，甚至远到山西、河北一带去寻觅佳丽。一共挑了三千多佳丽，一牛车一牛车往宫中送。一路上民众怨声载道，自不在话下。

六月夏日，天气闷热，庄宗热得受不了，想在禁中高处，建一座大楼纳凉。宦官不断在庄宗身旁怂恿道："臣见长安全盛之时，大明宫、兴庆宫房舍数以百计。今日陛下连个避暑之所都没有，居住的宫殿，连当时公卿的屋舍都不如。"

宦官见庄宗动了心，又浇盆冷水："宰相郭崇韬恐怕不答应。"

"我用内府钱，无关经费!"庄宗被这一激，更非动工不可。可是又怕郭崇韬唠叨，把郭崇韬找来说："今年的夏天特别热，记得以前朕在河口与梁人相战，披甲乘马，还没这么热。如今居深宫之中，反而热不可当，奈何?"

郭崇韬也不客气，直言顶了过去："陛下昔在河口，强敌未灭，深念仇耻，虽有盛暑，不以为怀。今外患已除，海内宾服，所以虽居珍台闲馆，犹觉郁蒸。当陛下不忘艰难之时，则暑气自消也。"

庄宗低下头，有点儿良心发现。宦官在旁说："崇韬之第，无异皇居，当然不知陛下之热也。"于是，庄宗又心一横，大兴土木。

做人是很辛苦的，年少时要努力，年老时也不能放松，否则便会晚节不保了。表面上看起来，后唐庄宗前后判若两人，似乎不可思议。其实，人性本来就是好逸恶劳，稍一放松均不可，我们现代人不也是愈来愈怕热?

后唐明宗之治

在《后唐庄宗晚节不保》之中，我们说到，庄宗不理会郭崇韬之劝，贪于逸乐，弄得民不聊生。

不过，此时后唐的国势还算强盛，因此当庄宗派遣使者去前蜀观察形势，使者回来说“蜀主荒淫无道，君臣上下讲究奢侈生活”之时，庄宗有意出兵攻蜀。

五代政府所能控制的地区很小，大概只有河南、山西、山东一部分。全国其他地区分裂成许多国，号称为十国，前蜀是其中一国。

前蜀的地方，在今天四川及陕西南部地区，由王建创立。王建原是一个混混，靠盗驴、贩卖私盐过活。因为他排行第八，又是三只手，有一个诨号叫“贼王八”。

王建原是黄巢手下，后来依附宦官田令孜，在乱世之中，抢到四川这块地方，建立蜀国。王建虽是个目不识丁的粗人，当了皇帝以后，倒能收拾贼王八的恶劣作风，与儒生交往。所以朱温篡唐以后，唐朝许多遗老，纷纷迁往蜀国居住，有唐朝之风也。

蜀国，古称天府之国，物产丰饶，在王建当权之际，蜀国极为强盛。但是到了他的儿子王衍（yǎn），却是一个昏聩（kuì）之君主——喜欢踢球。于是把自宫中到街道，沿途都设置了锦幛，一路踢出宫去。

王衍喜欢饮酒赋诗，他诗中有一句名言：“有酒不醉是痴人。”为着表示他不是痴人，日夜痛饮。所以后唐庄宗派来的使者到了蜀国，看到上下一团糟，回去对唐庄宗说："以臣观之，只要我大兵一临，土崩瓦解，跷足可待也。"

于是，唐庄宗就命儿子李继岌（jí）为元帅，郭崇韬（tāo）为副元帅，前往伐蜀。

蜀主王衍不相信庄宗真会带兵前来，依旧悠哉游哉地到甘肃天水去寻幽访胜。等到唐兵已至，王衍方才急急忙忙奔回，与群臣在文明殿相对哭泣。一把眼泪、一把鼻涕穿上白衣，以草绳系着脖子，披着麻、光着脚，到唐军投降。

这场战役，不过进行了短短七十天。前蜀十道，六十四州，两百四十九县，俱入后唐。蜀国固然是腐朽不堪，后唐的腐败不久也马上显现出来。

在洛阳的宦官，全力向庄宗进谗言，说郭崇韬怀有异心。郭崇韬本来是个忠言之士（见上篇），他所说的话，不免听来逆耳。因此，庄宗不详加调查，把郭崇韬与他的儿子一并处死。

郭崇韬一死，天下大乱，功臣旧将个个疑惧，谣言满天飞。竟然有人传言，庄宗已被刘皇后所杀，在这个乱哄哄的时刻，赵在礼首先发难。

庄宗准备御驾亲征，可是宰相等纷纷劝他："京师者，天下根本，虽四方有变，陛下宜居中以制之。"那么，只有找后唐第一员大将李嗣源了。

李嗣源是先王李克用的养子，出身沙陀平民。李克用有许多养子，一部分用存字作排行，一部分用嗣字为排行。李嗣源就是嗣字排行之一，擅长骑射，庄宗灭后梁，他的功劳最大。

这个时候，庄宗开始要收买人心，拿出内府金帛。宦官、伶人也怕了，也献出财物劳军。此时军队生活清苦，军眷都只有到郊外捡拾野果过活。当军士们拿到赏赐的财物，不领这个情，气愤地怒骂："我的妻子都饿死了，得到这些有什么用？"

李嗣源前去讨伐乱兵，不料，兵至邺（yè）都，部下张破败作乱。张破败这个名字真奇怪，怎会叫破败？张破败等杀都将，烧营房，表示不满庄宗，有意拥李嗣源为帝。李嗣源本来想逃出城，向庄宗解释，但是他的女婿石敬瑭（就是历史上有名的儿皇帝石敬瑭）劝他说，庄宗疑心病重，不会相信的，李嗣源遂决定谋取自立。

这时，庄宗得到消息，不能不御驾亲征了，可是兵士们长久的不满正式爆发。当庄宗出发时，从驾兵有两万五千，等到到达汜（sì）水，已逃了一万多。以后，每次遇到道路狭窄，看到卫兵执兵仗者，他都好言笼络道："刚才魏王又拿来金银五十万，到京师时赏给你们。"

军士们摇摇头，把手一推道："陛下赐与太晚，没有人会感恩的。"就在这种离心离德的情况之下，庄宗被杀。想他当初报父仇，平后梁，简直可与光武中兴媲美，可惜后来忘却栉（zhì）沐之艰难，以致伶人乱政，落此下场。

李嗣源即位是为后唐明宗，明宗不认识字，没有文学修养。但他比起庄宗这个风流倜傥的才子皇帝，对人民而言，可要好得太多。

明宗首先针对庄宗弊政，加以改革。禁止中外诸臣献珍玩等物，宫内只留下老宫女一百人、宦官三十人、教坊（乐队）一百人、鹰坊（养鹰畋猎）二十人、御厨五十人，非常简单。宦官在宫内不能生存，或逃入山林，或落发为僧。不到一年，国家渐渐稳定。

明宗是个文盲，却懂得敬重读书人，四方奏章由安重诲诵读。也晓得文化之重要，在长兴三年（932年）用雕版刻印九经，是中国文化史上一件大事。

明宗称帝七年之中，战事稀少，时有丰年，百姓得以喘一口气。在五代十三个皇帝之中，只有他与后周世宗称得上是明主，因此历史上称之为明宗之治。

耶律阿保机崛起

在上篇《后唐明宗之治》之中，我们说到，明宗虽无学识，颇知勤政爱民，维持了一段小康局面。

明宗去世之后，其子李从厚即位，是为闵帝。闵帝缺乏威信，被明宗养子李从珂（kē）夺去帝位，历史上称之为后唐废帝。

废帝是明宗的养子，甚得宠信。另外，明宗还有一个左右手，那就是女婿石敬瑭。此二人都勇健好斗，向来彼此猜忌，不过碍着明宗面，只能暗斗，不能明争。

这会儿，废帝即位，石敬瑭不得不自任上的河东节度使赶来入贺。入贺完毕，不敢回去。石敬瑭当时身体极差，为久病所苦。朝中有的臣子认为石敬瑭迟早会造反，不能放虎归山，也有的以为，用不着猜忌石敬瑭。

唐废帝看石敬瑭瘦得一把骨头的模样，心忖应该没有太多好担心的，下了一个决心："石郎不但是我的近亲，而且自小与我共赴艰难。现在我当了天子，除了石郎还有什么人值得托付？"于是，依旧任命石敬瑭为河东节度使。

石敬瑭回到镇上之后，暗地里贿赂太后身边的人，悄悄打听皇帝一切动态。然后，凡是有宾客前来，石敬瑭总爱与人讨论病情，而且皱着眉，喘着气，一副久病之后，万念俱灰的神情，希望朝廷不要猜忌他。

事实上呢，石敬瑭大量采购军品、粮食，大家都晓得他心怀异志，这个消息不久也传到废帝耳中了。

有天夜晚，废帝与几个近臣商量道："石郎与朕为至亲，应该没有什么好怀疑的；但是不断有流言传出，万一哪一天失欢了，该如何是好？"几个臣子都没有话回答。

第二天，端明殿学士给事中李嵩（sōng）对同僚吕琦说："吾辈受国恩深厚，怎可与其他人一般，静坐观看，总该想点办法才是。"

吕琦沉思了好一会儿，缓缓地说："河东若有异谋，必结契丹以为援。以前契丹屡次要求和亲，我们都没答应，如果今后我们每年给契丹十多万缗（mín），再应允和亲，还怕河东与契丹联手吗？"

契丹族原是东胡游牧民族的一个支族，住在中国东北辽河上游潢水流域一带，初分为八部，每个酋长都称为大人。契丹自武则天以后，开始叛服无常。到了唐朝末年，契丹族中出了一位英雄人物——耶律阿保机。

阿保机有统一契丹的野心，他的妻子述律氏极有权谋，会耍手段。阿保机用了述律氏的计谋，对其他部大人们说："我有盐池，可是你们只知道食我的盐，也不晓得该感谢盐池主人。"

于是，其他诸部大人带着酒，牵着牛来到盐池之上，举行了一个热热闹闹的庆功宴。酒醉饭饱之后，阿保机把七部大人一齐杀光，兼并七部土地。

由于述律后勇敢果决，所以耶律阿保机的军国大计，述律后都参与其谋；不仅如此，这位女强人本身也能带兵打仗。有一回，阿保机外出与党项交兵，留述律后在营帐，黄头、臭沼两个部族乘虚合兵掠夺。

述律后知道了，不慌不忙，暗中部署兵马。等到此二部族前来，马上奋勇还击，把他们打得头破血流逃命。从这以后，述律后三个字名震诸夷。

这时，据守河北一带的刘守光因为局势衰困，派遣参军韩延徽向契丹求援。韩延徽到契丹，坚持不肯向阿保机下拜；阿保机十分火大，罚韩延徽到牧场去养马。

韩延徽乃幽州人士，有智略，颇有文才。述律后对阿保机说："延徽守节不屈，此今之贤者，为何要对他加以侮辱，应该礼贤下士，大大重用他。"这位述律后倒是懂得为政之理，单单兵强马壮是不够的。

阿保机接纳了述律后的建议，重用韩延徽，筑城郭，立市里，垦荒田，让境内汉人也能安家立业，渐渐契丹能够威服诸国。

李克用与朱全忠火并之时，李克用曾遣使通好契丹，与阿保机在云州握手言欢，以兄弟相称。不料，阿保机又受朱全忠之封，把李克用气得跳脚。所以李克用临终时交给李存勖三矢，要他报仇，其中之一就是报契丹之仇。

卓歇图（局部），辽胡瓌绘。卓歇是契丹人的一种风俗习惯。"卓"是立杆为帐的意思，"歇"是休息的意思。

耶律阿保机在后梁贞明二年（916 年）称皇帝，自号为天皇王。阿保机不久去世，由其子耶律德光即位，这是契丹崛起的一个大概。可见有勇还要有谋，国势才会壮大。

李嵩听了吕琦建议勾结契丹之计，十分赞成，两人就去找废帝。废帝一听，大为开心，频频赞许此二人忠心耿耿。

可是，过了不久，废帝把计谋告诉枢密直学士薛文遇。文遇不以为然，脸色一沉道："以天子之尊，屈身侍奉夷狄，这不是太侮辱了吗？而且，若是他们要娶公主，那又该怎么办？"

停了一会儿，薛文遇又顺口吟了一句："安危托妇人。"这是唐朝诗人戎昱（yù）为王昭君而写的诗。意思是嘲弄汉元帝无能，没有力量与匈奴一战，竟要把汉朝的安危寄托在一位女子的身上。

废帝闻此，脸色一阵青一阵白，把李嵩、吕琦叫到后楼，狠狠臭骂一顿："你们也读过书，知古今大事，应该辅佐天子谋太平，怎么想出这种计谋？朕只有一女，尚在乳臭，你们忍心要把这个小女孩扔弃在沙漠之中……而且竟然要朕把养国家军队的钱，拿去供给夷狄虏廷使用。你们说说看，这到底是什么意思？"

这顿脾气发下来，吓得此二人汗流浃背，跪在地上讨饶："臣等志在竭愚以报国，愿陛下察之。"这两人不断把脑袋往地上撞，直撞得废帝怒气已消，才夹着尾巴逃出去。

儿皇帝石敬瑭

上一篇我们说到后唐废帝与石敬瑭不合，臣子建议联络契丹，断石敬瑭的后路，被废帝严拒了。

当然，废帝心中对石敬瑭，依然有猜忌。石敬瑭的妻子，原是后唐明宗的公主，她在洛阳过完春节，想要辞别母后（明宗之妻曹太后）返回太原时，废帝竟然问她："你那么急急忙忙离开洛阳干什么？莫不是要回去与石郎（指石敬瑭）造反！"

消息传到太原，石敬瑭十分惊恐。他要试探废帝的意思，一连上了几个表，自陈身体衰弱，乞求解除兵权，迁移他镇（当时，石敬瑭乃河东节度使，河北重镇也）。

石敬瑭的表到了京师，废帝召集大臣们讨论，其中薛文遇（即是反对废帝勾结契丹者，见上篇）说："以臣观之，河东迟早要造反的，迁也反，不迁也反，还不如早日图之。"

废帝一听，拍着大腿说："卿言正合我意。"于是调迁石敬瑭为天平节度使。

石敬瑭没料到废帝真的对他动手了，愤愤不平抱怨："我这次再来河东，主上当面许我终身不调迁；如今我不过试试他，他竟然就要下令把我调到天平。我虽然不作乱，朝廷却怀疑我，我岂能束手就擒死于道路。"

书记桑维翰在旁说："明宗遗爱在人，公为明宗最疼爱的女婿，主上反而以逆相待。契丹素与明宗约为兄弟，且其部落在云、应

（山西大同一带），公诚能推心屈节侍奉契丹，万一有急事，朝呼而夕至，还担心什么？”

石敬瑭一听，马上命桑维翰草表，向契丹称臣，而且愿意以侍奉父亲的礼节侍奉契丹。这比较起来，废帝可有骨气多了。

此时的契丹君主耶律德光年纪很轻，不过三十四岁，四十五岁的石敬瑭却急着喊他爸爸，而且准备割卢龙一带及雁门关以北给契丹。石敬瑭的部下刘知远看不过去，上谏：“称臣够了，以父亲事之，未免太过分。而且多送金帛就可以了，不必割让土地，不然会为中国留下大患，悔之无及。”

石敬瑭听不进去，他已经被皇帝梦冲昏了脑袋，使出浑身解数要讨好契丹。当石敬瑭要向契丹称臣的表到达契丹时，耶律德光兴奋莫名，急着报告母亲：“儿最近梦到石郎遣使来，今天果然如此，看来是天意啊……”然后，立刻回信，说是等到秋天以后，必倾国赴援，答应收石敬瑭这个儿子了。

秋高马肥，而且气候干燥，弓弦坚劲（jìng）适用。所以契丹大举，必等到秋天，历来的胡人均是如此。

既然有了契丹撑腰，石敬瑭就不客气地写了一封檄书。书中指责废帝是养子，不配继承皇位，要求传位给明宗之子许王从益。废帝看了，大为生气，当场把檄书撕成一片片，并且尽削石敬瑭官爵。

九月间，契丹带领五万骑，浩浩荡荡南下。在十五日晚上，石敬瑭出晋阳北门，见到耶律德光，两人手握着手，大有相见恨晚之意。

唐军果然不是契丹的对手，派出的大将张敬达又是一个无知的勇夫。后唐废帝每天愁眉苦脸，日夕酣饮悲歌；群臣劝他北行，他也不肯。到了后来连听到石敬瑭三个字都打哆嗦：“卿等勿再言石郎，使我心胆坠地。”

另一方面，唐军大将军赵德钧、赵延寿心怀异志，故意逗留不前，使得石敬瑭能够安然包围着晋安寨。耶律德光对石敬瑭说：“我三千里远来赴难，必有成功的一天。我看你的器度容貌识量，真正一副中原之主的模样，我要立你为天子。”

石敬瑭，选自《三才图会》。

这本来就是石敬瑭的意思，心中一千一万个答应；表面上呢，不断辞让。旁边的臣子一再劝进，如此推推拉拉了四五回，石敬瑭方勉勉强强答应。

于是，契丹下册书，立石敬瑭为大晋皇帝，历史上称之为后晋。

在契丹的册书之中，记载着：“我们俩是近亲，其实原本是一家。所以我视你为儿子，你待我如父亲，朕永与你为父子之邦，保山河之誓……”

石敬瑭接受契丹册书之后，在柳林筑坛，即皇位。为表示对新爸爸的孝敬，割让了幽州、蓟（jì）州、瀛州、莫州、涿（zhuō）州、檀州、顺州、新州、妫（guī）州、儒州、武州、云州、应州、寰（huán）州、朔州、蔚州等燕云十六州给契丹，并且每年再送帛三十万匹给契丹。

自此而后，中国的北方门户大开，边防尽失。燕云十六州自此以后，长期陷入契丹之手。宋朝初期虽有收复之心，却也始终没有收回，一直到明太祖朱元璋，推翻了蒙古帝国，方才重归汉人所有。同时，石敬瑭孝敬金帛，亦开启中国对外割地纳款之端。

石敬瑭虽如愿以偿当上皇帝，这个皇帝的背后却藏着屈辱。他不惜出卖国土，自称儿皇帝。因此后世没有一个人看得起他，呼之为卖国贼。人死留名，豹死留皮，石敬瑭留下的是被人耻笑的臭名。

无耻的赵德钧父子

四十五岁的石敬瑭，为了一圆皇帝美梦，不惜喊三十四岁的耶律德光为爸爸，当上晋朝皇帝。他为了感谢父亲，割让燕云十六州给契丹，留下无穷的祸患。

石敬瑭固然受尽天下人耻笑，却也引来一些无耻小人暗暗羡慕。其中之一就是后唐幽州节度使赵德钧与其子赵延寿，一心一意想要效法石敬瑭。

因此，赵德钧与其子赵延寿，在后唐与后晋正拼得火凶之际，军队故意逗留不进。而且一再上表给废帝，要求为其子延寿求一个成德节度使，他的理由是“臣今远征，幽州势孤，假如延寿在镇州（成德节度使的治所在镇州），左右便于应接”。

正被石敬瑭与契丹联军弄得心烦意乱的废帝接到上表，更加焦躁。他气愤地说：“延寿要去打贼人，哪有时间往镇州，等贼平了，当如所请。”

赵德钧不死心，还是一个劲儿要求。废帝火大了，恨恨地表示：“赵氏父子一定要得到镇州，到底是什么意思？假如真能讨平贼人，就是我这个皇帝宝座让给他，我都甘心，否则岂不让石敬瑭渔翁得利？”

赵德钧听了，老大不开心。于是，他献给契丹君主耶律德光大批金帛，并且写了一封信，派了使者恭敬呈上。信上说：如果契丹肯立赵德钧为帝，德钧愿意领兵南取洛阳，不烦契丹兵援助。同时与契丹约为兄弟国，允许石敬瑭继续在河东当皇帝。

耶律德光觉得军队深入唐境，后路空虚，且赵德钧父子兵力甚强，因此对这个建议颇为心动，很想满口答应。

石敬瑭听说半路杀出一个程咬金，想与他分一杯羹，吓慌了手脚，立刻派遣桑维翰前来阻止。桑维翰见到辽太宗耶律德光，可怜兮兮地哀求：

“大国举义兵以救孤危，一战而唐兵瓦解，退守一栅，食尽力穷。赵北平（指赵德钧）父子二人不忠不信，惧大国（指契丹）之强，何足可畏？而且等到晋朝得到天下，将竭中国之财以奉大国，大国又何在乎此区区小利？”

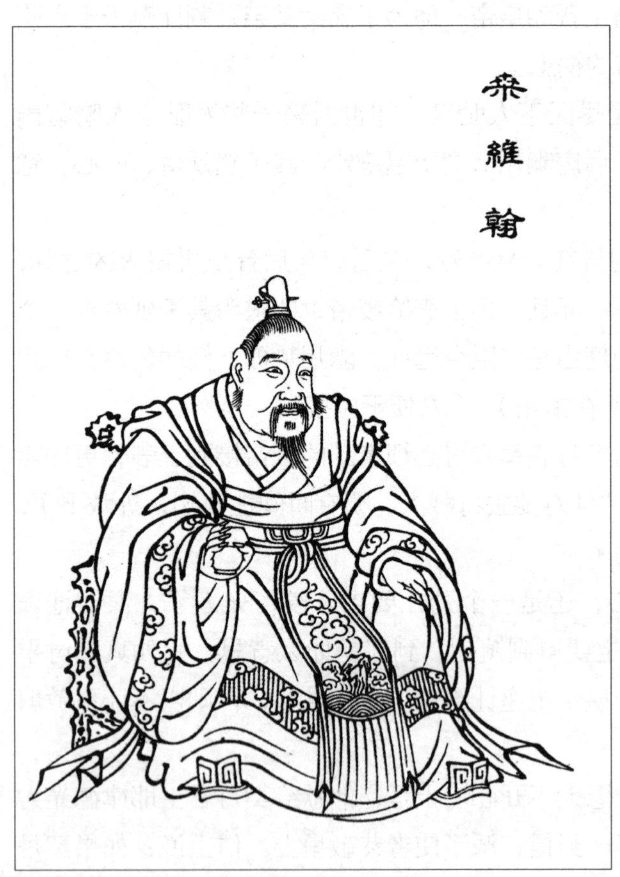

桑维翰，选自《清刻历代画像传》。

耶律德光摇摇头道：“你有没有见过捕鼠者，一不小心，还会被老鼠咬一口，何况赵氏父子总是大敌。”

桑维翰赶紧回答：“现在大国已扼（è）住后唐的咽喉，

这只老鼠又怎能再啃人呢?”

耶律德光微笑道：“我不是要违背前约，只是兵家权谋之计，不得不如此。”

“皇帝以信义救人之急，四海之人，都看得清清楚楚，怎能大义不终？”桑维翰说完之后，看看耶律德光面无表情，扑通一声，双膝落地；从早到晚，哭哭啼啼，苦苦哀求，怎么也不肯站起来。

耶律德光被桑维翰搞烦了，也为石敬瑭的“孝心”感动了。于是，他指着营帐前的石头，对赵德钧派来的使者说：“我应允石郎的，等到这块石头腐烂以后才能更改。”

虽然，后唐有赵德钧这种厚颜小人，也还有一二忠直之士，譬如外号为张生铁的张敬达。张敬达个性刚正，就像生铁一般坚硬，当时驻守在晋安寨。他很能打仗，但是刍（chú）粮耗尽，死了的马则由将士分食之。

在这种情况之下，张敬达的手下杨光远、安审琦都劝敬达投降契丹，敬达不肯。另一将领高行周看出杨光远有意杀掉张敬达投降，心中放不下，常常派兵在张敬达身后悄悄跟着。

张敬达发现了，好生奇怪，对人说：“行周老是派兵跟在背后，他这是什么意思啊？”

从此，高行周不敢再当保镖。杨光远逮住机会，把张敬达杀了，拿着他的首级去邀功。

耶律德光见到杨光远来降，赐以裘帽，不过心里很看不起这种变节之人，拍拍他的肩道：“你不愧为大恶汉。”杨光远也不禁羞红了脸。

对于张敬达，耶律德光心中倒是非常佩服，予以厚葬，并且对属下训话：“你们这些为人臣者，应该要效法张敬达。”

再说前面那想当皇帝的赵德钧父子，逃往潞州。石敬瑭随契丹兵到潞州，冤家路窄，赵德钧父子出城迎拜，被契丹抓住，囚禁起来，送回契丹。

当赵德钧父子见到耶律德光时，谄媚地请安："别后安否？"

耶律德光别过脸去，懒得理他们。

这对无耻父子，拜见述律太后，把家中珍宝全数奉上，又献出田宅，希望免罪。

述律太后寒着脸："你最近为何去太原？"

"奉唐主之命。"

"你胡说！"述律太后指着天道，"你明明是去向我儿子求为天子，为什么要乱讲？"

然后，述律太后又指着心说："此不可欺也！你若要当皇帝，为什么不先击败我儿子，再图为天子，未为晚也。你身为人臣，背叛其主而不能抗敌，还想乘乱邀利，混水摸鱼，你还有何面目活在世上？"

赵德钧低下头不敢开口。

述律太后又问："器玩在此，你献的田宅呢？"

赵德钧以为有希望了，清一清喉咙大声回答："在幽州。"

"幽州现在属于谁人所有？"

"属太后。"赵德钧又有声音了。

"那还用得着你献吗？"

赵德钧受此奚落，忧郁愁闷，不思饮食，一年而卒。

晋出帝与十万横磨剑

在上篇《无耻的赵德钧父子》之中，我们说到，石敬瑭如愿以偿当上了皇帝，是为后晋高祖。

后唐废帝听说“石敬瑭称帝以后，将士争先恐后降敌”，心慌意乱，最后废帝与刘皇后登玄武楼自焚而死，后唐享国只有短短十三年。

石敬瑭入主洛阳，上尊号于契丹主耶律德光及太后，称耶律德光为父皇帝，上表称臣。那位曾经跪在契丹营帐外面，自朝至夕，哭哭啼啼，喋喋力争的桑维翰如愿以偿当上宰相，因为耶律德光以父亲的身份对石敬瑭说：“桑维翰是尽忠于你的人，你应该重用他。”

中国人心目中的谦谦君子应该是不亢不卑，合于自己的原则。通常一个对上面过分巴结阿谀的人，往往也是对下面最作威作福的人，桑维翰就是典型的例子。

桑维翰生得奇矮，上身长下身短，脸又特别宽，初见他的人往往忍不住笑了起来。桑维翰十分恼怒，时常对着镜子道：“哼！七尺之躯有什么了不起，还不如我脸有一尺之阔。”由自卑转为自大，不择手段想出人头地。

石敬瑭对契丹这位新父亲伺候得无微不至。每回契丹有使者前来，他都特别离开正殿，到别殿去跪下接受耶律德光的诏令。除每年奉上金帛三十万以外，凡是吉凶庆吊，随时献上礼物，一些个玩好珍异也不断地往契丹送。

石敬瑭不但是孝敬耶律德光一人，述律太后、元帅太子、南北二王、韩延徽等统统都要上上下下打点，连契丹朝廷中的重要臣子也都要加以贿赂。同时，契丹方面稍稍有一点不如意，立刻予以严词责备，简直难伺候到了极点，石敬瑭也不以为意，总是谦卑地认错。

如果是晋朝方面的大臣到了契丹，契丹那种骄倨（jù）目中无人的神态，常把使者整得欲哭无泪。当使者回到晋朝，向朝廷报告出使的经过，沿途所受羞辱，朝野上下都视为一大耻辱；但是石敬瑭晋高祖本人，却丝毫不以为意。

契丹人出行图（局部），内蒙古自治区哲里木盟库伦旗 1 号辽墓北壁壁画。

其中成德节度使安重荣反应最为激烈。每次契丹使者路过，他都要予以谩骂侮辱一番，以泄心头之恨；并且曾数度上表，反对高祖把契丹当父亲。

有一回，安重荣竟然把契丹使杀了并且叛变。高祖大为生气，下诏责备安重荣：“你身为大臣，家有老母，弃君与亲。我因契丹而得天下，你因我而得富贵，我不敢忘契丹之德，尔乃忘之，何也？”说得好像自己不忘契丹之恩，是个有道德的仁人君子似的。

晋高祖又遣使向契丹谢罪，迭（dié）迭抱歉：“安重荣之事譬如家有恶子，父母不能制服，又能如何？”

另外，桑维翰又不断提醒晋高祖：“陛下免于晋阳之难而有天下，皆契丹之功也，不可负之。臣观契丹数年以来，战必胜，攻必取，割中国之土地，未可与为敌也。”

反正，桑维翰这番话，表面上冠冕堂皇，其实都是长他人志气，灭自己威风，十足表现懦弱畏敌的投降者心态。晋高祖倒是颇为赞赏，他对桑维翰说：“朕近日烦闷不决，今见卿奏，如醉醒矣，卿勿以为忧。”

于是，晋高祖自始至终抱着巴结契丹父亲的法宝，希望能保住皇帝位置。可是晋高祖身体本来就不够强健，又一天到晚忧心忡忡，担心得罪父皇帝，最后郁郁而终，这也算是卖国贼的悲惨命运。

晋高祖去世，晋出帝石重贵即位。本来高祖遗命石重睿为帝，但是天平节度使景延广认为石重睿太小，另立石重贵为帝。

石重贵原为齐王，是高祖侄子，因为父亲早逝，过继给高祖当儿子。当高祖受契丹册命要去洛阳时，耶律德光要留高祖的一个儿子守晋阳，高祖对耶律德光一向顺从，把儿子都叫出来让耶律德光挑选。

耶律德光指着一个貌似高祖的说：“此大眼儿可也。”这大眼儿便是石重贵。

如今，这个大眼儿由景延广立为新帝，群臣集议，认为应向契丹报丧，然后，新皇帝再奉表称臣。景延广是一个主战派，他以为称孙足矣，不用再称臣。

此次，另一个小桑维翰李嵩说：“屈身以为社稷，何耻之有？”

这倒是妙人妙事，似乎一国之君向人称臣，还算舍己为国哩。

景延广据理力争，出帝接受他的意见，对契丹只称孙，不再称臣。

耶律德光看到这一份表，果然光火，立刻派遣使者责问：为什么不先禀告，自作主张称皇帝？

景延广也不甘示弱地回嘴，并且对契丹来洛阳的商务官不客气地说：

“你回去告诉你家主人，先帝是你们北朝所立的，因此奉表称臣。今上（指晋出帝）乃中国所立，之所以还对你们称孙，正是表示不忘先帝盟约，于此足矣，断断没有再称臣之理。

“你们北朝皇帝也不要太轻侮中国，中国兵强马壮，你可是亲眼目睹的。翁怒则来战，孙有十万横磨剑，足以相待。万一你北朝他日为孙所败，则取笑天下，后悔可来不及了。”

景延广一口气口沫横飞说了半天，还不够，他还把这一段话写下来，叫商务官带回契丹，拿给耶律德光看。

耶律德光看了信之后又将如何？祖孙之间会展开大战，十万横磨剑有用吗？

赵延寿与杜威

在上篇《晋出帝与十万横磨剑》之中，我们说到，石敬瑭去世之后，石重贵即位，是为出帝。景延广建议以后对契丹称孙可也，不用称臣，而且对契丹使者说：“中国兵强马壮，你亲眼目睹，翁怒则来战，孙有十万横磨剑以待。”

景延广怕使者记不清楚，还特别把这段话写了下来，叫他带回去给耶律德光看。

耶律德光看了，果然是大发雷霆。刚好这时那无耻的赵德钧已死，其子赵延寿希望完成其父志愿，代替晋出帝称帝于中国。就以降臣的身份，不断在耶律德光面前挑拨，自告奋勇，出兵攻晋。

耶律德光被赵延寿说动了，决意出兵。他集合契丹的大批人马共五万人交给赵延寿，并且说：“你若能打下中国，你就是中国皇帝。”德光又常指着赵延寿对汉族人说：“这是你们的主人。”

赵延寿听了，大为振奋，一心一意为契丹尽力，谋划攻取之策。

契丹大举入寇，那位准备用十万横磨剑一战的景延广，下了一个荒唐的命令。他下令诸将领各自为战，不得互相救助。在景延广看来，如此各带兵官没有后援，个个必能奋勇杀敌。结果，契丹正好各个击破，将领们泣诉求援都相应不理。

幸亏，当契丹到黄河渡江一半，晋军之中李守贞挥兵掩杀，溺死契丹数千人，阻扼了契丹的攻势。契丹一火之下，转怒于中国民兵，凡是被掳获的都拿火来烤。这火一烤，激起了晋军的愤怒，同心合力抵抗契丹。

因此，当亲征的耶律德光登城一望，见晋军之盛，对左右说："你们不是说晋军早已饿死一半，怎么还有这许多。"于是分路撤兵，沿途所过，方圆千里被抢得干干净净。

景延广的十万横磨剑只是嘴巴上讲得好听，并没有实力；经此挫败，日夜纵酒。晋出帝再也不敢重用主战派，起用投降派桑维翰为宰相，以河东节度使刘知远为北面行营都统，杜威为招讨使。

刘知远在河东早有力量，晋出帝对他有戒心，对人说："此次契丹前来，刘河东（指刘知远）会师太晚，必有异图。"出帝只相信杜威。

杜威者，乃石敬瑭的妹夫——宋国公主的丈夫，皇亲国戚，怯懦胆小。当他镇守恒州时，契丹过境，他吓得把城门紧闭，让邻城任由契丹焚杀，却因为裙带关系，官运节节升高。他以镇守边境为名，大量聚敛民财，富有之家的珍宝、骏马都逃不过他手，漂亮的女子也逃不过杜威手掌。

过了不久，契丹军又再次南征，这次军队之中大部分是被迫当兵的汉军，不肯拼全力作战，只有再次北返。契丹军经过祁（qí）州时，祁州刺史沈斌出兵痛击，不过祁州只是孤城，立刻被契丹兵包围住，赵延寿站在城下对沈斌说："沈使君，我们可是老朋友了，古人说两害相权，取其轻者，你为什么不早日投降？"

"你父子二人走错了路，陷身虏廷，你忍心率犬羊残害父母之邦，不知羞耻反有骄色。我沈斌弓折矢尽，宁可为国而死！"沈斌义正辞严拒绝赵延寿。第二天，沈斌自杀，在乱世中保存一分正气。

出帝听说契丹已退，亲自带兵，夺取幽州，任用杜威为大将。契丹用火攻，用短兵击晋军，晋军着急大喊："杜招讨使为什么还不下令反击？莫非等死？"

杜威不慌不忙回答："等风势稍缓，再看情形。"

大将李守贞道："等到风停，我军早被歼灭。"于是李守贞等带着部队力捣契丹军，把契丹赶走。

杜威看到附近已被契丹搜括一空，无利可图，竟然擅自回到了开封。连投降派大臣桑维翰都看不过去，建议出帝处罚杜威。出帝听不进去，他说："杜威是我至亲，必无异心，你不要疑忌。"

出帝被胜利冲昏了脑袋，以为天下太平，筑宫室，造器玩。对优伶一赏就是锦袍银带，一赐也在万钱之上。为了织一块地毯，用了数百织工，整整织上一年，可见其富丽精致到了极点。而且不自量力，悬挂赏格："有人能擒虏主（指耶律德光）者，授上镇节度使，赏钱万缗，绢百匹，银万两。"

这一回，契丹十分聪明，派了人对杜威说道："赵延寿威望素浅，恐不能在中国当皇帝。你如果能投降，我当以你为帝。"

杜威听了，高兴得想飞上青天，马上写了降表。把各个将领叫到营帐，拿出降表，要他们签名。将领们你看我我看你，个个惊讶万分，但也只有唯唯听命，不知杜威葫芦里卖什么药。

当投降之日，杜威把军士都召集出发，军士还以为作战，都跃跃欲试。杜威晓谕军士："我等远征在外，食尽途穷，我不得不为你们求一条生路。"一声令下盔甲弃地，军士们放声痛哭。

耶律德光把赭袍衣（红色长袍）赐给杜威及赵延寿，表示一视同仁。两人都有当皇帝的希望，此两人皆窃窃自喜。

辽太宗与打草谷

晋出帝采用景延广的建议，对耶律德光表示，以后不再称臣，只称孙子。德光大怒，一心一意想当皇帝的赵延寿积极鼓励德光出兵。同时，德光又收买了晋出帝的姑丈杜威，也应允杜威，以后让他当中国皇帝。

晋出帝万万没有料想到，一向倚若长城的姑丈竟然阵前降敌，忧心如焚。除了痛哭流涕，怒骂杜威泄愤之外，一筹莫展，呆呆坐在宫苑之中，与后妃们相聚而泣。等到契丹兵攻入城门，只有命令翰林学士范质草拟降表，自称“孙男臣重贵祸至神惑，运尽天亡”。太后也上一降表，自称为“新妇李氏妾”，简直是屈辱之至。

接着，出帝脱下黄袍，换上素服，左右都不禁掩面哭泣。出帝率领文武百官身穿素服，跪在道路两旁迎接辽太宗耶律德光。

耶律德光头戴貂皮帽，身着貂皮裘，威风凛凛入城门。人民看了大叫大嚷，四处逃命。耶律德光登上城楼，宣布：“我也是人，你们不用害怕，我会让你们安居乐业的。我本无心南来，是汉兵把我引到这儿的。”

德光看到吓得半死的晋出帝，拍拍他的肩膀：“我的好孙儿，你不用担忧，我一定让你有吃饭的地方。”这没志气的出帝赶快连连谢恩。

由于德光认为出帝忘恩负义，十分可恶，封他一个负义侯，迁往黄龙府（吉林省农安县）居住。

此时，后晋已亡，中原无主。耶律德光把百官召集到廷中问：“吾国广大，方圆万里，有君长二十七人。今中国之俗，异于吾国，我选举一人为君，你们以为如何？”

百官们异口同声回答：“天无二日，夷夏之心，皆愿推戴皇帝。”耶律德光也学着中国这套，推辞了半天，最后才勉勉强强地说：“你们既然一定要我为君主，我只有当君主了。”

于是，耶律德光换下胡服，改戴通天冠，穿绛纱袍，在正殿大模大样登上天子宝座。命中国人穿戴法服（中国官员的礼服），胡人仍穿戴胡服。后晋正式灭亡，享国十一年。改契丹国号为大辽，耶律德光是为辽太宗，契丹太祖耶律阿保机称为辽太祖。

杜威与赵延寿本来都想一过皇帝瘾，如今希望落空，心中有说不出的懊丧。杜威以皇亲国戚阵前降敌，不但失去军心，也为一般百姓看不起。走到哪儿都有人朝他吐口水，大声嘲骂，自己心中也明白当皇帝无望。

契丹人引马图，内蒙古自治区赤峰市敖汉旗白塔子辽墓壁画。

赵延寿可不一样，他一直兴致勃勃，幻想着一朝登上天子位，也可以达到父亲赵德钧的遗志；而且当初辽太宗亲口答应的啊，怎么反悔了呢？

既然皇帝当不成，退而求其次，先当个太子也不错。于是，赵延寿拜托李嵩对辽太宗说："我不敢希望能当上天子，乞为皇太子。"

太宗回答："我对燕王（指赵延寿），就是割了我的肉，有益于燕王，我也毫不吝惜。但是我听说皇太子应当以天子的儿子为之，他又不是我儿子，怎能当太子？"

好了，这会儿赵延寿连太子也捞不上，除了心中怨恨辽太宗言而无信之外，又有什么办法。杜威与赵延寿徒然平白被辽太宗利用罢了；他二人怎会以为太宗要把天子宝座让给他们，这真是利欲熏心，其蠢无比。

辽太宗对自己的手段极为满意，他经常饮酒作乐，对后晋旧臣说："中国的事我都知道，我国的事你们却不知道。"

赵延寿原为中国旧臣，他晓得辽太宗对中国的事，其实还有很多并不知道。譬如说，他建议太宗给上国兵廪（lǐn）食，上国兵指的是辽兵，廪食指规定发军饷。原来，辽出外打仗，从来不发薪饷，任由士兵以牧马为名，分番剽掠，称之为打草谷，使得中国人民闻辽兵即丧胆。

辽太宗不理会赵延寿的建议，他摇摇头说："吾国无此法。"

由于辽人与汉人之间语言不通，只有求助于翻译。这些翻译多半是市井无赖，地痞流氓，仗着辽人的力量，对自己同胞加以虐待。

因而一般民众被迫组成一支一支义勇军，这些义勇军纷纷拥戴刘知远，刘知远为河东节度使，在北方力量颇大，晋出帝对他极为猜忌（见上篇）。契丹破东西二京，自为中国皇帝之后，刘知远上表入贺。契丹立赐诏褒奖，在刘知远的名字上面，特别加上“儿子”两个字，故意表示亲密，还赐他一个木拐。根据胡人礼俗，优礼大臣才会赐木拐的。

刘知远当时认为契丹的野心“止于货财，货财既足，必将北去”。可是他下面的军士都说：“天下无主，主天下者，非我王而谁？”群下皆呼万岁。刘知远半推半就，即皇帝位，仍然未去晋国号。

辽太宗听说刘知远即位，分兵遣将，驻守要地。由于胡人军队还是不发饷，用打草谷、掠夺人民的方法为生，所以相州、密州等都被义兵占领了。辽太宗烦极了，摇头叹息道：“不料中国人如此难治。”

中原虽好，毕竟不是自己家乡。辽太宗下了一道诏令：“天时向热，吾难久留。”借口回北方避暑，探望述律太后，带着大批人马，浩浩荡荡北归。一路上抢得干干净净，例如相州被掠之后，剩下男女七百人，骷髅竟达十余万之多。最后连辽太宗都后悔了，他说：“我做了三件错事：第一，不该令诸道搜括作犒费；第二，不该令上国人打草谷；第三，不该留下诸镇原有之节度使，应让他们回防。”

郭威的发迹

在《辽太宗与打草谷》文中，我们说到，太宗耶律德光入据中原，各州县受不了刑法、苛税以及契丹不发军饷，任由士兵四处打劫的打草谷，纷纷起兵抗暴。辽太宗借口回北方避暑，带着文武官员回到老家。

辽太宗这一走，便宜了刘知远，乘虚而入，夺取洛阳，入据大梁，轻轻松松建立了后汉，是为后汉高祖。（刘知远自命为汉高祖刘邦的后代，因此，国号为汉，事实上刘知远乃沙陀人，与刘邦完全扯不上边儿。）

刘知远能够建国，与他手下有一员大将郭威很有关系。郭威年纪很小之时，父母双亡，由姨母抚养长大。他体格魁梧，爱兵不事田产，也不爱读书。

到了十八岁那年，郭威应募兵旅，当时，他年少气盛。有一回，到上党市游玩，遇到一个杀猪的屠夫，这个屠夫力大无穷，上党市的市民见了他都害怕极了。

郭威偏不信这个邪，他乘着酒兴来到屠夫的肉案旁。一会儿要里脊肉，一会儿要五花肉。屠夫的刀法稍有差池，他就埋怨不已，而且颇不客气。

这屠夫本来就是火气忒旺盛，被郭威一挑，怒由心生，把菜刀重重的一搁，挺着光秃秃的大肚皮对着郭威："你小子有种，敢不敢刺我？"

郭威一句不吭，抽出刀子对着屠夫的大肚皮划去，市场上的人把郭威扭送法办。官吏怜惜郭威，放他一马。

刘知远，选自《三才图会》。

后来，郭威加入后唐庄宗旗下，年岁渐长，性格也比较沉稳。他迷上了兵法，时常做笔记、写心得，而且有机会就到处找人解说兵书。

后来，郭威不愿随大将杨光远北征，要求留在刘知远营中。人家觉得好奇怪，郭威说："杨公有奸诈才，无英雄气，留我何用？能用我者，刘公也。"

刘知远把郭威当心腹，果然如愿以偿当了皇帝。刘知远称帝之后，不满一年，因病去世，其子隐帝即位。

隐帝即位之后，护国节度使李守贞起兵叛变。李守贞自以为是前朝上将，战功累累，他又慷慨大方，深得士心。眼看隐帝即位，毛头小孩一个，遂起叛心。

真正支持李守贞叛变的原因，乃是他养了一个僧人总伦。总伦老是在他耳边嘀嘀咕咕，说他将来必为天子。

李守贞被灌多了迷汤，信以为真。有一天，他与将吏们举行宴会时，一手指着中堂一幅《舔掌卧虎》图，对着大家宣布："我若有非常之福，就一箭射中这老虎的舌头。”

结果，一发中之，大家都拍手叫好。李守贞得意洋洋，益发对自己有帝王之相深信不疑。

郭威因为勤读兵书，对带兵很有一套，与士卒同甘共苦。士兵受了一点轻伤，他都亲往慰问，立了一点小功，郭威予以重赏，微有小过，郭威则睁只眼、闭只眼，假装没有看到，于是将领们对郭威心服口服。

郭威带的兵，原来是李守贞的班底。李守贞一心以为他可坐而待之，不费一兵一卒，轻易等待汉军一块到同州投降。

不料这批士卒早已把李守贞的旧恩，忘得一干二净，到了城下，扬旗伐鼓，气势汹汹。李守贞看呆了，自言自语：“怎么会这样呢？不可能的啊。”于是，赶紧把城门关上，不与汉军交战。

郭威这一方，也不采取猛攻，偃旗息鼓。只沿着护城河布哨，把同州四周围得水泄不通。

李守贞慌了阵脚，屡次想突围都不成功；把求救信藏在蜡丸之中，找人带出去求援，也总是被巡逻兵逮住。城中粮食快吃光了，李守贞忧形于色，只有再把活神仙总伦请出来。

僧人总伦一派不慌不忙，正色对李守贞说：“大王当为天子，人不能夺，不过如今命中有灾。等到灾难一退，只剩下一人一骑之时，那就是大王鹊起，登大宝，当皇帝之时。”

正在伤脑筋的李守贞听着好乐，可惜乐了没有好久，在里无粮草，外无救兵的情形之下，与妻儿自焚而死。郭威入城，同州乱平，那位总伦和尚也被送入刑场。算命的话哪儿能当真？偏偏从古到今，有太多人迷信自误。

李守贞之乱平定，按理来说，后汉应可走向建设。奈何隐帝日渐骄纵，朝中几个大臣又彼此不和。由于契丹又在蠢动，朝廷派郭威守边，朝中原不和的将相，更加尖锐地对立。

关于朝廷之中将相不和，还有一段故事：

有一回，王章摆酒宴客，众人喝得醉醺醺，开始划拳行酒令。其中史弘肇不太会行酒令，坐在他身旁的阎晋柳就在解说。

此时，苏逢吉开了个玩笑：“你身旁坐了一个姓阎的，还用得着担心被罚酒吗？”

刚好，史弘肇（zhào）的妻子也姓阎，她本来是酒家娼妓。史弘肇便认为苏逢吉是存心出他的丑，讽刺他妻子出身微贱，擅长行酒令。一急之下，口不择言，大骂苏逢吉。

苏逢吉不答腔，史弘肇更气急败坏，拿着剑就要砍。枢密使杨邠（bīn）急得眼泪都掉下来了：“苏公宰相，岂可杀之。”

从此，将相更水火不容。杨邠、史弘肇又太过跋扈，每次都在朝廷上，教训隐帝：“陛下不必多言，有臣等在，即可耳。”隐帝渐渐不耐，有意除去这些权臣。

张全义其人其事

唐朝灭亡后，梁、唐、晋、汉、周相继建立，通称为五代。五个朝代加起来，却只有五十年。为什么唐朝有二百八十九年，五个朝代却抵不上唐代的五分之一？这其中的原因有很多，主要是因为五代的人没有国家民族观念，不但一般平民如此，居于社会领导的高阶层知识分子也多半无耻。譬如今天我们要介绍的张全义。

张全义，字国维，父亲、祖父都是农民，家境清苦，时常为县令欺负。张全义一火之下，投效黄巢。

上帝要毁灭一个人，先要使他疯狂。张全义看出黄巢必败，改为归降于泽州刺史诸葛爽。

诸葛爽平日以会观人自负，他看张全义生得方头大耳，颇有福相，对人说："此人他日名位在我之上。"对张全义极为爱护。

后来，诸葛爽去世了，张全义日渐发达。他为了感激诸葛爽的恩德，特别画了一幅诸葛爽的像挂在房间中，早晚焚香供拜，同时继续追随诸葛爽的儿子诸葛仲方。

诸葛爽的部将李罕之起了异心，要求与张全义合谋，张全义满口答应，把诸葛仲方赶走，占有其地。但是，诸葛爽的画像依旧高悬私第中，也早晚两炷香供拜，表示自己不忘本，这真是天晓得。

赶走了诸葛仲方，李罕之自己领有河阳，以张全义为河南尹。他二人狼狈为奸，相得甚欢。李罕之这人贪暴不法，每次军中缺了粮食，立刻来找张全义索取。

李罕之很看不起张全义，常常当众宣布："一个田舍翁，有什么好怕的。"因此尽量欺负他，不是要军食，就是要缣（jiān）帛。

张全义左右宾客都认为不必给，张全义总是叹一口气说："李太傅所要，不得不奉之。"好像十分懦弱，其实他是老谋深算，故意装傻，趁着李罕之没有设防，偷偷夜袭，李罕之连夜逃到河东。李罕之求救于李克用，李克用马上挥兵攻击张全义，张全义哪儿是鸦军的对手？吓得马上向与李克用有不共戴天之仇的朱全忠求援（朱全忠曾用计想毒害李克用，因此二人势不两立）。

朱全忠把这场战役视之为与李克用决斗，铆（mǎo）足全力把李克用的兵击退。

从此，张全义依附朱全忠。当朱全忠初到洛阳之时，满目疮痍，张全义勤俭治民，抚辑（jí）流亡，辛苦经营。数年间，洛阳人口又恢复到五六万人。

据说，他走在田地里，看到新麦新茧，忍不住高兴地笑了起来。人民看见，窃窃私语："大王看到美丽的声妓不笑，看到好蚕好麦笑得这么高兴。"在秋收季节，见到田中没有杂草，必定下马慰劳主人，赐与衣物；若是发现禾中有草，地耕不熟，也当场把农主找来训上一顿。

张全义虽然挺会办事，为人却无耻已极。当朱全忠篡唐之后，以张全义为河阳节度使封魏王，开平二年（908年）拜太保，四年（910年）拜太傅。张全义对朱全忠言听计从，巴结拍马到了极点。

朱全忠性好渔色，骄横淫暴。有一回，他的车驾前往张全义别墅之中避暑，朱全忠竟然把张全义的妻女一个一个强奸。

张全义的儿子张继祚（zuò）气得全身发抖，不胜羞耻愤慨，拿着刀就往朱全忠的房子杀去。

岂料张全义一把夺过儿子手中的刀，正色地教训儿子："想以前我在河阳，遭李罕之之难，被太原军围困经年，吃木屑以度日，死在顷刻之间。蒙他救援，此恩不可负也，此恩不可负也。”

好一个“此恩不可负”，中国人一向认为戴绿帽为最可耻之事，一个人不能保妻子安全为最无用之男人。难得张全义如此看得开，真正是大丈夫能屈能伸？

梁太祖朱全忠晚年，猜忌群臣宿将，被害死者不计其数。只有张全义身卑屈事，安享富贵。

当然，张全义也不曾真正效忠梁朝。当李存勖报父亲李克用之仇，大发神威，灭亡梁朝，张全义立刻夹着尾巴，从洛阳赶赴汴京，迎接李存勖，叩首待罪，而且上表为自己脱罪——“屡为朱梁（指朱全忠建立的梁朝）窥图，逼入虎口，非我素志……”

后唐庄宗李存勖见他一片恭诚模样，十分欢喜。不但亲加抚慰，而且派人扶着他老人家上殿，宴赐尽欢，又命皇子继岌、皇弟存纪用兄长之礼待张全义。

李存勖（xù）的刘皇后为了讨皇帝欢喜，跟着庄宗到张全义的私第拜访，并且说：“妾孩童时代遇大乱，父母双亡，欲拜全义为义父。”

张全义立刻下跪叩首道：“皇后为万国母仪，古今未有此事，臣无地自处。”

庄宗也在一旁不断赞好，逼之再三，最后张全义终于接受刘皇后一拜，成为皇后的义父，这更加了不得。张全义在后唐明宗时病死洛阳，享年七十五岁，谥曰忠肃。

张全义这么一个无耻之人，不仅在朝堂上享有盛名，而且为一般百姓爱戴。这一方面也许是五代多恶官，他还能为百姓做一点小事，史书即赞美不已。不过张全义这种小人竟享有美名，亦可见五代风气之一斑了。

长乐老冯道

中国古代最敬重读书人，所谓士农工商是也，因为士即知识分子，领导社会风气，具有历史责任感。五代时，道德风气普遍低落与士大夫无耻有关系。上篇所介绍的张全义是如此，冯道更是五代典型的代表。

冯道，字可道，瀛州人，家中世代耕读为生。他自幼好学，会写文章，以不耻恶衣恶食闻名。

在唐朝末年，冯道投效幽州节度使刘守光为参军。后来，刘守光败死，由太原监军一个宦臣推荐给后唐庄宗为记室（秘书）。庄宗很赏识他，派他担任户部侍郎、翰林学士等高官。

后唐明宗李嗣源打败庄宗，一入洛阳，头一件事就是打听“先帝时冯道郎中何在？我知道他是一个好宰相”，立即找了他担任端明殿学士，冯道也马上就任新官，把唐庄宗丢到脑后去了。

冯道为人刻苦自励。一度因父亲过世，丁忧归乡，亲自耕田打柴，与农夫处在一块，安然自得，唐明宗为此对他夸奖不已。

事实上，冯道的涵养是一等一，怎样也不会发脾气。曾经有位军吏，性情粗犷，站在衙门前辱骂冯道，骂得相当难听。左右人数次禀报冯道，请示该如何处置这位军吏，冯道笑笑说：“这个人必定是醉了。”

然后派人把军吏请入，大吃大喝一顿，又客客气气把他送走。军吏开心得不得了，当然也不再骂冯道了。

唐明宗去世之后，闵帝即位，明宗的养子李从珂不服，起而叛变。冯道立刻准备率百官迎接新皇帝，催促卢导起草劝进文书，卢导不肯：“天子还在，为人臣者岂可如此？”

冯道不以为然，道：“事当务实。”所谓务实，就是他眼光准，看准闵帝不成了。果然李从珂打赢这场仗，是为后唐废帝。（后唐这段故事，前面说得很清楚，请互相参照。）

后唐废帝似乎比较不欣赏冯道，只派他掌祭祀的职事。冯道也不在乎，只要职位高，什么事都可以做。

后唐灭亡，石敬瑭急着向契丹献媚，他要冯道出使，向契丹行礼，表示对父皇帝的恭敬。

石敬瑭对冯道说：“此行非卿不可。”他颇为担心冯道会拒绝这个屈辱的差事。

不料冯道面上毫无难色，满口答应：“陛下受北朝恩，臣受陛下恩，有何不可？”

冯道愉快地前往契丹，耶律德光久闻冯道大名。当冯道到达西楼，他准备亲自前往迎接，臣子们都说：“天子无迎宰相之礼。”耶律德光才打消这个念头。

冯道风风光光自契丹归来，从此，朝政多半由冯道掌理。晋高祖曾问他军事大计，冯道沉沉稳稳地回答：“陛下创建大业，神武睿略，为天下所知。臣本自书生，惟知守历代成规而已，臣在（唐）明宗朝，明宗亦曾以戎事问臣，臣亦以斯言回答。”

晋高祖听着很满意，也不想一想，明宗用了冯道，国家灭亡了，你还要重蹈覆辙吗？不过冯道这段话，正是他明哲保身的哲学，也是一道避祸的护身符。

晋高祖临终时，把幼子石重睿塞入冯道的怀中托孤。高祖去世之后，主战派景延广等要立齐王石重贵（即高祖侄儿，被契丹耶律德光呼为大眼儿的），是为出帝，冯道也默默不作声，反正他还是高居首相。

过了没多久，契丹耶律德光打中原，冯道又赶快去向新皇帝叩头。耶律德光责问他：“你是哪种老子？”意思是说，你这个老东西算什么？

冯道回答：“无才无德，痴顽老子。”耶律德光听了哈哈大笑，认为冯道能消遣自己，有幽默感，十分有趣，立刻封他为太傅。

耶律德光问道：“天下百姓如何可救？”

冯道答：“此时百姓，佛再出也救不得，惟皇帝救得。”

虽然冯道一言，使契丹暂时少杀一些人，但是冯道终究未能阻止耶律德光打草谷，他也不会为此与耶律德光伤和气的。

当耶律德光一走，冯道马上再向新皇帝后汉刘知远下拜，刘知远见他年老，任命他为太师。

后周太祖郭威灭汉，还是用冯道为太师中书令。只有到了周世宗，这一位雄才大略的君主，不欣赏冯道的官僚作风。关于这一段，我们下回再详细叙说。

最后，冯道在后周世宗朝去世，享年七十三岁。

冯道死的时候，当时的人都很推崇他，甚且说“与孔子同寿”（孔子也是七十三岁而卒），这真是侮辱孔老夫子。

冯道本人对自己侍奉五朝十一主，十分得意。他写了一篇《长乐老自叙》云：“孝于家，忠于国，口无不道之言，门无不义之货。为子为弟，为人臣，为师长，为父为母，有子有孙，时开一卷，时饮一杯……老而自乐。”自命为长乐老。

正因为这种长乐老，当时人不以为耻。一般人皆重现实，没有道德观念，没有忠君爱国思想，五代只传了短短的五十年，却换了五个朝代，十三个君主。

后周世宗的雄心壮志

在前面《郭威的发迹》篇中，我们说到后汉高祖去世之后，其子隐帝即位。高祖心腹郭威平定李守贞之乱，隐帝在乱平之后，日渐骄纵。当时执政大臣杨邠、史弘肇等颇为跋扈……

隐帝对杨、史专权，日渐不能忍受。有一天，趁着他俩入朝，手无寸铁，把他二人都杀了。杀了之后，隐帝担心郭威也同为老臣，可能心中不安。一方面派人解决郭威，一方面迅雷不及掩耳地把郭威家人杀得一干二净，连婴儿也不留。

这时，郭威正在邺（yè）都留守，接到消息，心情沉痛万分。他把手下的将领召集拢来："我与杨、史诸公披荆斩棘，从先帝取天下，受托孤之任。今诸公已死，我何忍心独生？你们当奉行天子密诏，取我的首级回报天子。"

郭威一向待属下宽厚，部下个个都非常感动，红着眼睛劝郭威道："天子幼冲，此必左右群小所为，若使此辈得志，国家还能太平吗？我等愿随公入朝自诉，荡涤鼠辈，以清朝廷。"

郭威想想，徒死无益，遂举兵南下。李太后建议飞诏谕郭威，隐帝不肯听，非要打一仗不可，而隐帝朝中许多文武大臣，暗中都投降郭威。隐帝溃不成军，左右都先后逃溃。最后，隐帝一个人骑着马，单骑落荒，被乱兵所杀。

郭威听说隐帝遇害，非常难过，痛哭失声："老夫之罪。"然后，他入宫觐（jìn）见太后，请早立隐帝子刘勋（xūn）为嗣君。

太后说："没有办法，勋久病，不能起床。"太后又命人把刘勋连人带床整个搬起，让大家看见确实是瘫痪了。于是，郭威率百官上表，立隐帝侄儿刘赟（bīn）为帝。

正在这个当儿，契丹大举入寇，太后连忙命令郭威带兵抵抗。郭威军队离开汴梁不远，就发生了问题：数千名将士大噪，又吵又闹，一块涌入郭威的营帐之中，不约而同地说："我们与刘家已结下血海深仇，不能立刘家子孙为帝，还是侍中你来当天子吧！"

接着，不容分说，大伙把黄旗扯下，披盖在郭威身上。如此，皇袍加身，郭威就当了皇帝，是为后周太祖。郭威算是一个有良心的人，上表太后，愿奉之为母，后汉灭亡，享国只有短短四年。

在五代的皇帝之中，周太祖算是比较好的皇帝，他免除一些苛捐杂税，放宽刑罚。尤其唐庄宗之后，动辄灭族的残忍刑罚也予以废止，使百姓稍稍喘一口气。

周太祖对大臣们说："朕起于寒微，备尝艰苦，遭时丧乱，做梦也没料到当皇帝，哪儿敢厚自奉养以害百姓？"于是下令四方停止贡献珍美食物。

他又下了一道诏令："朕生长军旅

郭威，选自《三才图会》。

之中，不亲学问，未知治天下之道。文武百官有益国利民之术，可以写来告诉我，文字请切实，不必用华丽的辞藻。”

周太祖也的确尽力做到虚心纳谏，维持节俭的生活，他死前甚且遗言：“陵墓务求俭素，陵寝不须用石柱，以砖代替，用瓦棺纸衣即可！”

周太祖去世之后，由其养子柴荣即位，是为后周世宗，乃五代史中最为英明的君主。

柴荣乃太祖妻的侄子，父亲早逝，出身贫贱。他曾卖过雨伞和茶叶，东奔西闯，后来依靠姑丈，成为郭家的管家。

他出身民间，深知小民之苦，即位之后，首先整饬（chì）纲纪。当世宗发现左羽林大将军孟汉卿擅自多收税，立刻命令他自杀。有人说刑太重，世宗说：“我知道，不过要用他为例，惩戒百官，不许扰民。”

世宗对宦官也不姑息。他修永福殿时，发现有工役用木片当饭匙，用瓦盛饭，如此浪费工料，世宗大怒，立斩管理工程的宦官孙延希。等到官员们都知法守法，他稍稍放宽了刑罚。

世宗初即位，北汉刘崇勾结辽国（契丹），大举入寇。世宗

周世宗柴荣，选自《三才图会》。

决定亲自率兵讨伐，老官僚冯道急急劝阻。

“刘崇看轻我年少新立（三十四岁），想吞并天下，我不可不自往。”世宗意志颇坚决，冯道又讲了许多不能去的理由。

世宗反驳道：“以前唐太宗创业，没有不亲征的，我怕什么？”

“陛下未可便学太宗。”一向狡猾的冯道竟然顶撞世宗。世宗颇为不悦，丢下一句“刘崇乌合之众，我兵力强大，破刘崇如山压卵”，掉头而去。

世宗果然能干，把北汉打得只能招架，不能还手，让朝臣大大信服。

回到开封之后，世宗努力整顿军纪。五代时期的中央军（禁军）素质差、纪律坏，又常常发动政变，用来威胁或推翻皇帝，周世宗大力整顿，给中央军带来一番新气象。

另外，他又改革科举，整理赋税，疏通运河，并且改革佛教。当时佛教有许多恶俗如舍身、断手足、炼指、带钳（qián），表示对佛之奉献，世宗一概禁止。

周世宗自称希望做三十年皇帝，十年开拓（tuò）天下，十年休养百姓，十年致天下太平。他一心伐辽，想取回石敬瑭割让给辽人的燕云十六州。当时辽王耶律述律终日饮酒，喝完便睡，人称睡王。世宗兵不血刃收复瓦桥、益津、草桥三关，可惜突发重病，以三十九岁英年早逝。七岁之子宗训仓促即位，殿前都点检赵匡胤叛变，周朝灭亡。五代结束，宋朝开始，中国历史又走向一个新的阶段。